白黒つけない日日

目次

白黒つけない日々

二〇一九年

二月四日
午前の、それも成るべく早いうちに、新しい寝具は届いた。こちらとしては、都合の良い時間に合わせて宅配を頼むことができるのは何とも有り難いように思う。自分の月並よりかわずかに一癖ある清潔への観念のためかと思うが、買ったものは何であっても、一度しっかりと洗うか、もしくは今回の寝具のように、量の大きくて、とうてい家で洗えるようなものでないときは、半日、いや、たとい一時間であっても晴天の下に晒しておきたい性分なのである。

二月十日

幸いと、ダンボール箱に包まれた、私の身長などぐんと越した、それは大そうな寝具は、わりと天気のよい日にわが家へと配された。晴天の一日とまではいかないが、確かな晴れ具合で、雲がところどころ覆ってはまた去ってゆくという程度であった。説明書きを、くどいほど読み、頭のうちに組み立ての予想を浮かべたところ、ちょうど昼前につくりはじめ、三十分あまりで寝具の形式は完成した。

木片やねじを慎重に組合わせていると、先ずは黒だぬきに似たひょうきんなねこが、いかにも興味深そうに近付いてきた。昨年の末に、日頃食事を分けている野良猫のうち、一匹が妙になついてきたのでうちで飼うことにした黒猫である。野良猫とは一見信じられないほどに、がたいの良く、腹が丸く、でんと突き出しているのは、まぎれもなく私が毎夜、性懲りもなく駐車場の奥で、住民の目を盗んでは皿にまんぽんの食事を盛りつづけていたからにちがいない。家の中での私の食事中にも、米やパンに鼻を近づけてきて、あずく、ペコリとなめたり、ぱくっとくつえたりするあたり、我が家に住むまで、私以外にも度度そういった食事を近所の家から分けてもらっていたことは予想がついた。
彼女はまだ一歳に満たないと医者にいわれたし、それもそうであるように、疲れを全くとしらないほどにいくらでも遊びたがる性格である。彼女のまん丸い腹には、ひにん手術のときに毛をそられたこともあいまって、黒だぬきと呼ばずにはいられない愛嬌がある。

二月二十日
それにしても、腹の毛をそられてからもう、三ケ月は経つのに、腹にはうぶ毛が生えるものの、全身と比べていまだにくっきりと、差がわかってしまう。病院に電話をかけて問うてみると、やはり個個のちがいはあって、しきりに腹をなめて気遣う仕草がないかぎりは構うまでもないと述べられた。みるに、彼女は簡易式の電気ストーヴの前に横になって、ちょうど腹を温めている。さすがに真冬というのもあって、肌寒さを感じているのだと思うが、なんとも能率的な処置には感心さえする次第。

たとえば、歯抜けの子どもが愛らしいのは、その不揃いな歯列と、それをちっとも気に留めない本人の陽気さにあって、これが禿頭の老人となるとちっとも愛らしくはないのには、人生の情けの感がある。要するに、思わずも彼女の腹の毛がうそ寒くても、やがて黒ぐろとした毛に満ちるのだから、この容姿も忘れがたいように思う。彼女の体が、光に映えたときの、毛並みの黒々しく煌めく様は、とてもうつくしい。何十年、何百年と磨かれ続けてきたような漆黒のかがやきがある。しかるに、これから彼女を黒だぬきというのではなく、艶子と呼ぶことにする。

二月二十一日

家のところどころ、猫の休憩と昼寝に適した寝床を、何かと工夫をこらしてこしらえている。とても簡単なもので、出来合いの犬猫用の小ベッドを置くか、大きめのマフラーを四つおりにして、とくに冷たそうな板に敷いて、この季節の寒さを和らげたいのと、猫が手足をおりまげてもいたくないようにという願いがある。しかし、猫も人も似たもので、やはり体を収めるベッドは形式上、必要であるとわかっているものの、どちらかというと、できれば仕切りのないところに、体を伸ばして寝るのが、もっとも楽らしい。カタカナのヨの字になって、くったくなく寝る姿を見かけるのは、一日のうちの私の大きな楽しみになっている。

艶子は、重ねて言うが元来、のらねこであるのが嘘かとおもうほど、家に入ってからもう半日も経てば手足を広げて寝転んでいた。

共に暮らして六年になる雌猫がいるのだが、彼女もその実、出逢った当時、生まれて三週間にも満たないのらねこだったのである。白い体に黒い斑点の、猫といえばすぐ思い浮かぶ模様で、ちょっとはみ出す程度に鼻先を黒く覆われているのは特徴と思う。彼女は、とにかく運動神経が優れていて、生後一ケ月にもなれば、二米とある棚の上にも一瞬で飛びのった。近年、かれこれ二、三と引越しをしたうち、どんな高いところめがけても飛んでゆき、どんな扉を開けることもできるようになった。今の住まいでも習慣は変わらずに、前の晩、かならず私が家中の戸をきっちり閉めたのはたしかであるのに、翌朝になると、かならず少なくとも一つ、戸が開けられている。押し入れの戸を開け放しであるのは私の性分もため見すごすことができず、いちいち閉め直しているが、もしか彼女がまだ中にいるかもしれないと思うと、閉めきることができない。いつのまにか、体は小柄のまま、性格はとても聡明で闊達な子に育ったのは、驚きでありひどく喜ばしい。記憶力が高く、その利口さはとうてい猫の範疇を超えて、殆ど猿に近いものと思われる。雌というのもあってか、責任感がずいぶんと強い。よなよな戸を開くのも、家を守るための立派な行いであるから、これには感謝をしている。たくましく、硬骨な彼女は、昼寝のときも、体をだらりと伸ばすことは、殆どみたことはなく、四肢を胴の下に軽くおさめて眠っている。そういった彼女には、全身がすっぽりとはまる小ベッドは最適らしい。夏も冬も、きちんと小ベッドに入ってゆく。

　今の季節、私の計らいでウールのマフラーなどを一枚敷いて、より防寒ができるよう整えてみた。マフラーに頬をぺったりとくっつけて寝ていた。なかなか気に召してくれるのが私にはうれしい。彼女は背中にこ頼りになるところばかりで、図体の大きい私の方がよほど守られている感がある。彼女は、顔もきゅっと締まりがあって、尻はきゅっと上がり、歩く仕草も常に若若しく、年年とチャーミングさを増して、世の雄猫の頬を桃色に染めるように思う。なにせ、つい先日も彼女が庭で散歩がてら遊んでいると、近所の雄猫に尻を追いかけられている一幕を見かけたばかりであるのだから、彼女を恋ちゃんと呼ぶことにする。

二月二十五日

例えば、艶子のように、ある程度、成育している野良猫を、何とはない日に、彼女に何の相談もなく私の本意の一本で家猫にしようと決めたとなると、誰よりも縄張というのを常日頃気に掛けている野良猫にとって、一大事であるのは、もっともである。そもそも、自由を好んで、気分次第で散歩のコースを変えるような野良猫が、限られた間取りしか融通が利かなくなるというのは人間らの勝手であって、猫が喜ぶものだとは、けして言いきれない。唯一、食事には困らせないとを誓うことはできる程度で、それ以外に望まれていることは、おそらく大してないように思う。しかしながら、私が外出先から帰宅したときに、玄関先まで迎えに来たりするあたり、猫には情というのが供わっているらしい。

　少し話を戻すと、外に暮らす猫が宅内に入るというのは、縄張に属さない場所に、何の前触れもなしに置きざりにされるということで、猫らの抱く心配は甚だしいにちがいない。いくら、駐車場で食事を差し出していた頃なら人懐こい性分であった艶子でさえ、玄関の内に入れた途端に、ずいぶんと彼女の気が動転していたのは記憶にあたらしい。そうなると、小さな空間であっても彼女だけの縄張をかならず保持させなければならない。外界がかすかに見えるように網目織の布で四面を囲った、ワイヤで端に張りをもたせた、人間がつかうテントのような、立体的な鞄にしばらく入ってもらったのは、艶子の心境を配慮するのに、なかなかの助けになった。

　網目の鞄のなかに、水と食事と、トレーに盛った砂と、体が乗るほどの毛布とを仕込み、窮屈であるのは申し訳なく詫びながらも一晩、なんとか過ごしてもらった。翌日の昼には、念のため、鞄を置いたままにして、一部屋を彼女に占領してもらう形にした。それから、三週間もすると、他の部屋へ、自ら興味を持って、出かけようとするのを慌ててとめることも何度とあった。同性同士、うすうすと勘付いていた恋ちゃんとの顔合わせのために、別の和室へと、大型鞄に艶子を入れて移すと、二、三時間、いや四、五時間をかけて、どうにか彼女らは、和室に身ひとつで対面するまでには、持ってゆけた。恋ちゃんが艶子を一人前の同居相手と認めるには一週間以上は費やしたが、これでもとても早い方と思われる。それは、小柄な恋ちゃんの目にうつるのは、自分よりも大きくて、でっぷりとした腹が妙に貫ろくのある雌猫であったからと思う。艶子が家のなかを歩くことに、私もずいぶん見慣れて緊張もしなくなった頃には、メス猫同士だからか少少荒めではあるものの、じゃれて遊ぶようになった。これはたいへんめでたし、と胸をなでおろしたのであるが、そうすると艶子は大型鞄には、目もくれなくなった。お役御免のそれをいち早く押し入れにしまえばいいものを、明日に、明日にと先のばししていると、ある日の鞄の中に、白と灰色の長い毛並みの猫が、なんとも居心地の良さそうに入っているのを見た。可笑しさから、軽快な気持ちが私の胸にこみあげた。

三月三日
種はチンチラシルヴァーの、十二歳になったばかりの雄猫は、コバルト緑色の瞳を閉じている。ふわりとした体はゆるやかな弓をえがいている。艶子のために入れ込んだクッションのうえに、うまいこと体をのせているのだ。私が名を呼ぶと、尻尾をただの一度、大きく揺らして、返事をしたつもりらしい。なかなか収納せずにいた私がこう言うのも何であるが、てっきり、艶子、恋ちゃん、そして彼にもきっと、この箱型の鞄はあまり目にしたくないものだろうと、どこかで決めつけていた。
艶子にとっては、急に自分が閉じこめられた物体であるし、恋ちゃんにとっては、見知らぬ雌猫の臭いの染みついているものであるし、年に一度のワクチンを受けに病院に毎年と通う彼にとっては、自分の体のすっぽりと入るほどの大きさの箱型のもの、しかも取手のついたものを目にすると、回避能力のために、近づこうとはしないと思っていた。それが、たった今、自分の意志で中に入り、さらには和やかな寝顔で昼寝をしている。

色色と思案してみたところ、たしかに、箱型の鞄は、彼の目には見慣れないものであって、艶子が二週間もの間、これを独占していたのを、彼の心のどこかでうらやましく感じて、自分も入ってみたかったように思う。それから数日して、今度は恋ちゃんも、その中に入っていたのを、私はしっかりと確かめた。ただ、艶子だけは、最初のうち一回、つい体が覚えていたのかふいに中へ入ってしまった程度で、これといって気に入った様子でもなく、私のしるかぎりでは、その一回以降、入るのを見たことはなかった。恋ちゃんは、三匹で遊んでいる最中に隠れんぼうをするのに使うこともあるが、それもそう頻繁ではない。

さいきんでは我が家唯一の雄猫だけが、かなりの時間を、その中で過ごしているのである。彼の毛色は、背の方が灰色の濃く、腹はほぼ真白といってよい。そしてちょうど尻尾のつけ根のごくわずか手前に、金色の毛が混じっている。この秘めた金色の毛を見たいがために私は、彼の尾椎のあたりの毛をかきわけ見つけては、ひとり悦に入っている。白と灰との境も判然とせず、こちらが見る角度をかえると、そのつどちがった印象を覚える、とても魅力にあふれる毛色である。これから彼のことを、めのう、と呼ぶことにする。

三月五日
三月に入ると、街にある店は、さかんに人々に桜を連想させる飾りをほどこすようになった。同じくして、雛祭の支度に要する品物が一挙に販売店に並びだす。マンションの増加と、和室の減退から、人の背丈ほどあるひな壇一式が飛ぶように売れることはないだろうが、これほど国中で宣伝をされると、娘を持つ家庭の居間や玄関先には何らか飾りつけをする風習が続いているように思う。
女児といえば、私が思い浮かべるのは、やはり恋ちゃんである。今年は、艶子も新入りとして迎えた。猫にあらためて深い関心を持たぬ人にとっては、性別などそう差などないと思う方もいるかもしれないが、ひとたび、雄と雌と一緒に暮らしてみると、その生活の仕方のちがいの歴然であることに日々、気付かされている。どちらにも別の良さがあるので、こうして両方の性と同居してみて、私はとても満たされている。別に、生きてくれているだけで、毎日と嬉しい気持ちがあふれるなかで、私もみいちゃんはあちゃんなのか、節句の折には、三匹のことをあてはめてしまうのである。で、三月の雛祭である。

ここまで話しておいて、どうかと思うが、今年は結局、三日にそなえて部屋に飾りものを置かずにいた。何年か前に、恋ちゃんのために、雛祭を祝ったのは、たしかによく覚えてもいる。とにかくなぜ、今年は手を出さずにいたかというと、実は、床の間には、正月用の餅がまだ存在しているままなのだ。こういう事態を誰が信じるであろう。私も、よくわからない。正月特有の、浮かれ調子の気分をいつまでも味わいたいからかもしれない。こう書いている今にも、仕舞えばよいものを、腰が重い。いやきっと、買った菱餅と置き換えるのが、もっとも正しいけじめのつけ方だったと思う。いますぐ白餅を三色餅に変える必要がある。

ある信頼のために申しておくべきと思うが、私は、一応、毎日と家のどこかは掃除をしている。台所は殆ど使うたびに、こまめに汚れを取り、あとは、浴室も頃合いをみては頑張って洗い、和室の換気も毎日行うよう心がけている。正月がすぎてから、床の間を拭きもしたが、鏡餅を片付けはしなかった。

さて、そんな床の間には、めのうが好んでよく寝ている。身を守る術に長ける猫にとって、床よりも一段高いのが良い条件らしく、隅に体を寄せていることから、ちょうど視界がさえぎられて、心が落ちつくのだろう。小ぶりの毛布を畳んで置けば、気温と体調によって、布の温さと、木板の冷たさとを分けて楽しんでいる。彼が目をしっかりとつむり、大きな寝息を立てて眠っている姿を見るのが私はとても好きなのだ。腹のあたりがゆっくりと起伏するのは、私の胸の鼓動もそれに等しくなるようである。

めのうと共に暮らしはじめたのは、私が大学に入ってまもなくであった。私事であるが、当時の事情を少少伝えさせて頂きたい。高校を卒業して、特に大きな興味も持たずに、ある大学に入り、冒険をする勇気がなく、日日、空虚が私を世間から闇に追いやろうとしているのだという、苦しみを抱えていた。他人をうらやむ浅ましさだけは募るばかりで心は明るさをほとんど失していた。しかし、若さというのはそれでも、実体のわからない幸せを希うのだから、なんとも容赦がない。私はたった一日、明日を生きてゆくための理由というのを作らねばいけないと思い立った。そして、二十歳のころに、猫と暮らしたいことを父に願った。すると父はチンチラ猫のブリーダーに依頼して、大阪のある店を仲介とした。

はじめて私が抱き上げたときのめのうは、ちょうど店のゲイジの中で兄弟と仲良く遊んでいた最中だった。つまり私の手は、この兄弟の仲睦まじく遊ぶ機会を奪ってしまったのだと、そのときにひどく悔いた。そしてその苦心は、彼への愛情に自分の命をかけて注がねばならないという深い誓いとなった。

これ自体は、命の責任を思うと至極当然のことであるが、当時の私に、こういった経験は初で、それからたくさんの得難い学びがあった。

二十二の齢になった私は、貧しさと無知のまま自活することとなって、めのうには環境の変化やながい留守番から、かけた心労は計りしれない。私が、こうしてまで、めのうと、すぐに底をつく程の金だけを握り、独りで生きようと決した当時の内情を敢えてひけらかすようなことは、するべきではないように思う。肉親との心境のずれや、おさえきれない夢など、誰しもあって然る可きで、そのたびに運の有無や、倫理的な幸不幸を、慰みを請う一心に吹聴すべきではないと思っている。

明日をまた生きようと思うのは、私が今日、すべてのことに決着をつけなかったということなのである。すべてというのは、何事を思う喜怒哀楽、拭いきれぬ悔やみ、そして私の心を透き見する希望そのものである。人との繋がりにも、公私の勝負にも、決着をつけることが本当に人間の心を満たすとは、私はた易く思えないのである。

それと、めのうの寝姿と、一体何の関わりがあるのかというと、要するに、彼の白と灰との混ぜ込まれた毛並について、である。どこが黒っぽいだの、どこが白っぽいだの、彼自身にも知る由はないのだから、私が考え出してはもう埒が明かないのだ。だからこそ私の人生には、彼が、存在してくれなくては成り立たないのである。そうこうして、私の人生を彩る存在である恋ちゃんの毛色は、白黒のまだらで、艶子は鼻までみつちりと黒い。総じて、モノトーンの家族である。これは、私が、白黒つけないことへのこだわりの妙な表れであるに、ちがいないと思われる。

三月七日
昨日の天気はひどく荒れて、かみなりが室内に長らく響いていた。雨の日は、外に暮らしているあまたの猫たちがうまく雨除けができていることを願う。
その日の天気次第では、めのうと恋ちゃんは、庭に出て、空や低木のまわりを眺めるのが好きで、ほとんど毎日、五分からもっとも長ければ三十分は外に居る。最初のうちは、やはり塀から出てしまうこともあって、心配をしたし、とはいっても彼らが一歩も庭を味わえないのでは、私の心が痛む。そんなディレンマになやみながら、一年もすると、今では家の庭の中だけを十分間ほど楽しむと、こちらの呼びかけがなくても彼らの方から帰ってくるようになった。有り難いことに、人と猫との生活のあんばいを判ってくれたように思う。雨のつよい日は、こちらが扉を開けても、彼らは出ようとはしない。一歩足を出してもコンクリートの上に立ちすくむ程度という様子である。やはり、雨が体にかかるのを、気にしているためと思われる。艶子は、めのうと恋ちゃんよりか、もっとも野外事情に詳しいはずである。が、しかし、昨年末に我が家に入ったきり、不安が大きかったであろう当日の夜を省いては、戸外へ出かけたがる素振りは一切とみせない。めのうらのように、戸の前に座りこんで、さも外出の準備が万全だと言わんばかりのまなざしで私の目を見つめたりはしない。

我我が共に暮らすのが当然らしく慣れてきたこの頃も、艶子は家中の窓から外を時々見渡す程度である。おもしろいのは、私が風呂上がりに髪を乾かそうとして、たまたま足元に艶子がいるときのことで、マットに水滴が落ちてゆくのだが、艶子は自分の毛にしずくがつこうがまったくあわてたりしないのである。これは、外に暮らしていたとき、幾度の雨を経験した、水への慣れであるとすぐにわかった。このときは、たくましい艶子を、とても誇らしく思ったものである。

一方で、めのうと恋ちゃんは、平生、水滴が体についたりすると、やは、背中や肉球に水滴がつくと台所の端に座り気にしている。めのうの場合、台所にふらりと来ても、水が上から降りかかることは何としても避けたがっている。だから、台所の端に座って私の挙動に目を凝らす。恋ちゃんも同様、背中や肉球に水滴がつくのは少少気になるようだが、彼女は無類の蛇口愛好家でもある。これは、飲水することと、水のしたたる様をながめたいあまり、蛇口に近づかずにはいられない性を持った猫のことをいう。私のしらべ。いまかいまかと、水流を望み、いかほどの待機もいとわず、ときには蛇口の先に頬ずりまでする。なにが彼女を扇情的にさせるのであろう。神秘的に思う。

そんな恋ちゃんは、まず以って、出逢った当初から、両手で包むと隠れてしまうほど小さくて幼かった。その頃、私は自活の準備に要する費用の稼ぎに、数ケ月のひどい労働漬けに加えて、実家から遠く離れて暮らす母の元で一ケ月ほど食客の身であった。こう言い表すのは、元来おかしい、血親他ならない母だが、その実、母が実の娘から寝食の助けを求める一報を受けるまで、私たちは会話らしきものを交わしたことはなかった。母と私との間でなにか話すことを、決して疎ましく感じていたのではなく、それが突然に、傍にいたいという意志ひとつで、運命は大逆転をして、自活の金が貯まるまでの間、共に暮らしたことは良い思い出であった。

母の家へ向かう夜、トランク片手に、かごに入っためのうを持って、特急しらなみに乗り込んだことを、よく覚えている。母がたしか猫を好くことは知ってはいたが、少しの間とはいえ、めのうとなじめるかどうか、心がかりがあった。そうして、家につくなり、三匹の、大きくて、元気な先住猫たちが、でんと待ちかまえていたことに私は、しらなみの座席で抱いた心配が、ただのとりこし苦労であったと胸をなでおろした。母はめのうをとても可愛がり、めのうも母をわりとすぐに好いたように思う。

そうして、手さぐりの生活が始まって数週間が経ち、ある朝方、母が、窓から空き家であるはずの隣宅をしきりに眺めていたので、すぐさま訳を尋ねると、子猫の鳴き声がそのあたりから聞こえるらしかった。私も、近くに寄ってみると、たしかに、風にまかせて、かすかに子猫の声がしていた。何時間か経っても、子猫は鳴き続けているし、母もずっと立ったまま窓外を見続けている。思い立った母は、玄関を飛び出して隣宅をうかがった。それから、しばらく私が居間で待っていると、母が果実用のダンボール箱を抱えて、戻ってきた。

「どうしたらいいかわからなくて、とりあえず持ってきた」

という言い草は、気が急いていた。その箱に入っていたのが、恋ちゃんである。過程を問うた。空き家の大家は、何かしらの用事で、家に入ったところ、子猫を見つけたので、用を終えたら保健所に持ってゆくことにして、箱に入れて戸外に置いた。そこに箱を見つけた母がやってきて、さようの事情ならば引きとらせてもらいたいと請うたところ、あっさりと大家から承諾を得た。

出会いというのは、ひとつあれば、堰を切ったように、ふたつ、みっつとある。恋ちゃんは、何時間も休まずに鳴いて、母の耳に届いたのだ。私はまず、この時にはもう恋ちゃんをふかく尊く思った。これは、ある奇跡に思うが、今の日本では別段何ら奇怪ではない。

年老いた大家には、まずは持ち家を売らねばならない自分の生活がある。そのためには、のら猫を住まわす訳にはいかずに、自分に面倒を見る余力もなく、かといって、住宅街のせまい道路にぽんと置くには幼すぎて、危ない。もらい手がすぐに見つかる保証はわからないが、保健所に渡しにゆくことが、大家の尽力の限りであったのだろう。今日こうして、恋ちゃんは私のすぐ手の届くところに、かわいらしく眠ったり、歩いたりしているのだ。この時代に、誰の非というべきかは、私には咎めることができない。
そうして、やがて蛇口を大好きになる恋ちゃんは、しっかりと食事を摂りながらも、引き締まった体型を保つのは信じ難い運動能力のためであるのは、たしかである。が、しかし、最近、彼女のある、巧妙さが判明した。恋ちゃんへは、腹が空くと、食事台の前に、ひとりじっと待つ。

（三月十三日記す）

その寂寥感を湛えた瞳は、私を今すぐに、棚から袋を出して食事の準備をしなければ心許なくて仕方がない、という気にさせる。ちなみに、食事台というのは、猫用の食卓で、木を組んだ、高さは十センチばかりの、彼女たち、とくにめのうが背を曲げる負担の少ないようなるべく楽に口へ運んでもらえるようにと、用意をした。

話を戻して、恋ちゃんのまなざしである。これはずいぶん珍しいことと思うが、我が家は、食事の時間というのを、決めつけていない。ひとつ確とするのは、私の就寝前に、水と食事を新に変えることくらいで、その他は、食事台の近くを意味深に歩く仕草を見つけて、こまめに、少しずつ粒を盛るようにしている。考えてみれば、こうして数時間おきの確認ができるのも、私がほとんど家に居る証である。

そんなことをしては、猫が太るいっぽうでは、と懸念があるかと思われるために、正直に述べたい。これは私にとって三匹のうち、第一番に世話をはじめためのうが、ずいぶんと自己管理に徹するタイプで、腹八分ほどで食すのをきちんと止めることができる。つづいて、恋ちゃんも、室内散歩が日課で、代謝がとても良い。艶子は、はじめのうちこそ、生きるための食欲として、よく食べてはいたが、もう食への不安はぬぐわれたようで、彼女の腹がある程度満足すれば、粒を残すことができるようになった。これは、めのうと恋ちゃんが、常にゆったりと食事をしているのを観察していたからだろう。

つい先ほど、空腹の恋ちゃんの瞳はやすやすと私の目と心に訴えてくるものがあるとお伝えしたばかりで、そこからが恋ちゃんの、巧みの技なのである。恋ちゃんの瞳に誘われた私は、急いで、三皿に粒を盛って、台に置く。これは、だれかが食事をすると、他二名の食欲も連なって沸きやすいためである。その通り、他二名は、どこからでも、台の元へやってきて、かりかりと、軽快な音を立てはじめる。が、当の恋ちゃんは、皿に近づこうともせず、他二名の食事を傍らよりながめているのだ。めのうとの暮らしに恋ちゃんが加わり、彼女にものごころがついた頃よりある習性なので、俗にいう、年功序列といった考えと捉えていた。

しかし、生活に艶子が増えてからも、その習性はかわっていない。つまり別段、年の差を重んじてはいないのだ。それでは一体どういった理由であるのかと、しばらく私は疑問を抱えていたのだが、あるとき、はっとした。恋ちゃんは、自分の口にする粒がほんとうに、安全であるのが、すぐには信用できず、できれば自分の前に、だれかが食べることでその安全性なるものを、確かめようとする。これが、私のあたまに浮かんだ、まっとうな理由である。彼女は、他者に味見をさせているにちがいない。

……。やはり恋ちゃんは、猫のなかでも、その頭脳の利口さは、秀でるように思う。

（三月十六日記す）

賢くなった所以を、極端に二分して表すのもどうかと思うが、天才、というよりか、秀才の肌である。天才…とは、言ってしまえば誰でもそうであると思う。微細であろうとも、個人は何かにおいては得手不得手のはずではないかと。私が身勝手に決めつけていることだが、世間に天才と呼ばれがちな人は、自身の才能を花咲かせる糸口なるものが、偶然、目の前に在った人のように思う。

とにかくお利口さんの恋ちゃん。ゆくゆく異端児となる者は、たいがいの幼少期からその珍稀なふるまいで、周囲の口をあんぐりとさせる。穏やかな性分が世に有名なチンチラのめのうと比べることが、まず、見当外れも当然であるが、恋ちゃんの怪異なまでの活力は、すごいものだった。

断片的に覚えているシーンはいくつかある。生後数週間のころ、網戸に爪をひっかけると、五分はそのまま動かなかった。私の手の届かない棚をめがけて、途中、目に見えぬ速さでいったん壁を軽く足の支えにして、瞬時に飛んでゆき、前足だけを、狭い木枠にかける。後足は置き場がないので、宙ぶらりんである。さらには、そのまま、さて次はどうしようかと考えたりしている。どうもできないとわかると、ほとんど落下の形で床に着地をする。これを二、三続けざまに反復する。それにしても、余力というものが、甚だしい。こんなことを、あちこちで行っている。

私が彼女を観察する以上に、彼女も私の行動を綿密に調査しているらしかった。特に、散歩を好む猫にとって、難点となる扉に関して、恋ちゃんは黙っているはずがないのだ。日本式家屋によくある扉の種種もなんのそので、恋ちゃんは開けていってしまう。ふすまの場合、端に爪をわずかに立てると、少少のすき間をつくる。そこに片足を差し入れて、次に顔をのぞかせながら、胴がつまるようだと、腰を二、三振り、すき間の幅を広げる。観音開きの戸の場合、手前の扉に爪を立てて、その前足を大きく引いて、ばんっと音を立てて勢いよく開ける。このとき、体が扉にぶつからないように、近づきすぎない。もしくは、迫り出してくる扉の反対側に体は構えている。洋室の押し戸もなんのその、胸部を押しあてるようにして、ぐっと体重をかけるだけである。唯一、恋ちゃんが開けられない種は、ドアノブのものだけなのだ。これが、皮肉なことに、彼女の好きな洗面所に入るには、ドアノブをまわさねばならず、私と同時に入ってきては、去る時に、恋ちゃんだけがその場に残って、数分、数十分と私は気がつかないことがある。こういう人間の手抜かりに、恋ちゃんのおしかりはもっともであるので、私は、何度平謝りをしたことか。

恋ちゃんは、髪を結ぶための黒いゴムをひどく好いている。ひとつ、見つけたものなら、自分の足で投げては一時間近くも遊び惚けり、あげく、噛みちぎられては、もう、使いものにならない。夜中、ひとりでに遊んでいたのか、私の目が覚めると、机元に輪の切れたゴムが置かれていることがあった。縁切りの儀式のようで、それはおののいてしまう。あやまって口に入ることを心配した私は、髪をほどくと必ずゴムを収納するように努めた。それでもなお、恋ちゃんは、収納元を見つけ出して、輪をちぎっては、わざと人目につく場所に置き去りにする。驚いたのは、ある一週間ものあいだ、恋ちゃんのそのいたずらは封印されていたものの、八日目にして、またもや居間のどまん中にそれは捨てられていた。これは、ゴムがしまい込まれた過程、その記憶が、恋ちゃんの頭に一週間も保たれていたのである。天晴と思う。

そうして、私は、髪を結ぶときは冷蔵庫からゴムを取り出すこととなった。構造の具合から、恋ちゃんの手の届かない、唯一の保管先である。

三月十八日

これは私が、猫も犬も愛しく思う心を前提として申している。猫同伴の引越し経験者として言うと、犬を認めるが猫を快諾しない所有者が多いのは、ちっとも時代に見合っていない。それもそうで、賃貸物件の持ち主は概ね、五十代を優に越えているはずである。犬は躾がしっかりとなされて、一方で猫は室内で生活し得ないと、確固たる信念が植え付けられた人が多いように思う。考え自体は本来、正しいといえる。しかし、街や住宅地に見る実体はどうであろう。小型犬の流行が顕著な日本の、育て主たちのすべてが、真っ当な躾をしているだろうか。そして、建物の塀に乗って、ゆったり時を過ごす猫は室内では利口に暮らせないようにでもみえるだろうか。とにかく私は、すべての賃貸物件が、犬と同じく猫を寛大に迎える日が必ず来ることを願ってやまない。

人家に暮らす猫の価値観とはとてもおもしろい。艶子は、ありとある紙の類を嗜好品と捉えているらしい。きっかけはティッシュ箱で、洋室にいた私の耳に、どこからか小さく風の吹く音がひゅうひゅうと届くので、窓の閉め忘れによる隙間風と思い後方へ半身を翻したら、艶子が、箱からティッシュを次から次へと抜き出していたのだった。私と目が合った艶子は、寸秒とうごきをとめはしたが、すぐにまた、続けはじめた。近寄ってみると、ティッシュは一枚一枚、とても丁寧に扱われたようで、人が雑に手に取った場合よりも、きれいな仕上がりである。それぞれが空気を孕んでふわりと床へ垂れる様は、ティッシュはこんなにも木目こまかで、脆弱な手触りと、繊細な美しさがあったものかと、感慨にふけてしまった。

ここではまず、艶子の手先の器用なことがわかった。それは彼女が家に来た翌翌日の出来事で、過去に、道に落ちたポケットティッシュ等をつかって同様にして遊んでいたのだと推し量った。当時の彼女が与えられた環境のなかで、見つけた楽しみである気がすると、私はどうしても叱ることができない。ティッシュはまた箱の中に元通りになる訳で、彼女が技巧をこらしてあふれさせて、こういう一幕から私のしらない艶子を知るのは、嬉しかった。彼女の気持ちを酌んでなお、私がすべきなのは、ティッシュをつかわない遊び方で、楽しみを覚えさせることかと思う。恋ちゃんもめのうも、いつしか艶子のありがたい遊び仲間となってくれた。めのうのやさしさに甘えきっているのか、何を臆することなく正面から体当たりをして、覆いかぶさったりする。ゆっくりと部屋を散歩中の恋ちゃんの後ろから、挑発するかのように走って追い越したりと、艶子の心の解放がみてとれると、私はほっと温かい気持ちになる。

三月二十日

何年も前ならめのうが、幼い恋ちゃんとのかけくらべの相手をしてくれたように、艶子においては、ふたりがかりの応対であるので、これはもう申し分のない組合せと思う。生まれてからの野外生活のなかで、偏った食事と運動不足から機敏なうごきを少少苦手としていた艶子は、冬がおわるころにはすっかりと平均的な体型になり、それは、彼女自身の好奇心を高めるのに大いに役立った。
家の中から、おすすめの場所を、恋ちゃんとめのうが教えるような行動もうかがう。日光のよく入る部屋、夜景のうつくしく映える窓、人間だけが入る日に何度も開閉する怪しげな扉、昼寝に使えそうな、衣類のたくさんつまった棚、おいしいにおいのするところなどなど。ありがたいことに、めのうも恋ちゃんも、自分たちの元来好きな場所を艶子が気に入る態度をみせても、彼らはちっとも怒ったりしなかった。偉いものだと思い、私は都度、彼らを誉め、礼を言った。なわばりの大切な猫として、仲間に対して心を許すその勇気に、私は深く感謝している。

めのうは、また一段と包容力を増して、恋ちゃんは、家の風紀の乱れぬよう私たちをいっそうとつよく守るようになり、そして艶子はというと、まだ知らぬ自分自身というものを日日、発見しているようである。艶子がこの数日、すっかりのめりこんでいるのは、障子やぶりである。遊び方はわりと簡単で、ひとつ爪を、ぴっとさして、そのまま左右上下好きな方向へうごかしてゆく。さけ目ができると、手を大胆につっ込んで、和紙のおもてうらを楽しむ。簡単に破れてしまうのが、信じられないというような顔をする。めのうと恋ちゃんは、理由はよくわからないが、障子をみてもそれが何かしら遊びにつながるとは思わなかったようで、新しい和風建築の家に越してからしばらくは、平凡に暮らしながら、張りのよい障子の風情をたのしんでいたのだ。艶子が家に来てから、いくらまだ子どもろはいえ彼女も、この住まいに慣れようと常に努めていたのはよくわかった。障子やぶりは、ようやく艶子、めのう、恋ちゃんたちが、心の荷を降ろした途端の出来事であった。

ちなみに、越してきた当初から借家のわりにはまったくといって色褪せもなく、清潔を保っていた障子も、一、二カ所だけは、小さく破れているのを見つけた。すべて張り替えるのも大層に思い、買ってきた柄入りの和紙を重ねることで、対処をした。いかにも若者の方法ではあるが、小洒落ていてなかなか気に入っていた。たとえ劣化も、家の生きていた証であって、大切な趣と思う。

そんな創作障子も、どんどんと破られている。しかし、おもしろいのは、艶子の、その破り方である。初めて爪をさし込んだ瞬間こそ、精神の高揚があったかもしれないが、その味をいったんしめてからというもの、彼女はまるで規律的に、和紙をやぶいてゆくのだ。

日が暮れて、昼寝をおえて徐徐に活動的になってくると、予定時間に合わせたように、障子の前へかけ寄ってゆき、前日の、さいごに破りおえた箇所から、再び作業を始める。聞いていると、音も律動的で、ばりっばりっと続くのを乱さない。五分から十分を目安とするらしく、キリのよいあたりで、はたと手をとめる。ここは借家であるし、いずれ引越す折には障子のすべて張り替える代金を要することさえ深く考えなければ、あとは彼女のやりたいようにと、今ではおもしろ半分に傍から観察している。

本来、自分の居どころとは艶子が決めることである。彼女にその権利がある。だから彼女が、この家のなかに、何か趣味を持ってくれたのなら、私としてはやはりうれしいのである。

三月二十一日

今朝はすこぶる早く起きた。私のいう異例の起床時間とはだいたい五時の目安にしている。もちろん、六時も七時も私にとっては充分早いのだが、それをあまり早い早いと騒ぎたてるのは、平生そのくらいの時間に目覚まし時計を合わせる人から敬遠されてしまいそうなので、出しゃばりたくはない。

顧みてみると、四時半より前に起きることはなかったと思われる。四時では体にこたえすぎるが、五時では後の予定に間にあわない。私の所属していた事務所から頂いた仕事の、集合時間が渋谷に六時というのが度度あったと記憶する。大阪に住む私の場合、もちろん前日に東京入りが要される訳で、ビジネスホテルに泊まるのが常であった。渋谷までタクシーを見つけてから向かうため、ゆとりを持って十分前にはチェックアウトをする。それに身支度を合わせるよう工夫しなければならない。

私の場合、朝にやることがとても多すぎる。急ぐことはするが省くことはしない。こればかりは、どうにもできない積年の労である。

さて一体何をするのかというと、眠気がぬけずほとんど閉じかかる瞼を鏡に映しながら、クリームを顔になじませて顔のこわばりをほぐすのに十分ほど。タオルをあてがい首から肩をほぐすのにまた十分ほど。それから風呂場へゆき、全身を洗うのに十五分ほど。濡れた体をさまざまなローションなどで保湿して、髪を乾かしきるのに十五分。自分の体癖を考慮して考えた独自のストレッチを十五分から、長くて倍の時間をかける日もある。お化粧をほどこすのに、およそ十分。その間に朝食を要するので、身支度には二時間がかかっている。

呆れられるのはわかっている。しかしもう、十年以上の習慣ともなると、これらの部分のうちひとつ抜くと、やはり調子が整う気がしない。まさしく自分を追いつめがちな人間の典型である。誰に課せられたものでもなく、自分で決めたことであるのに、いつしかしきたりに捕われているように思うのだが、あくまで健康のための行いであるととらえている。二時間ちかくも、自分の体と向き合ったあとには、めぐりめぐって、心はひとたび無となる。日頃一切の邪念がないといえばうそになる。むしろ、寝床で目を開けたときから、もういくつもの雑念のようなものがあたまのなかに跳ねている。

朝食のパンをいますぐ解凍せねばならない。今日くらいは紅茶を飲もう。そういえばシャンプーを新調した。小学校の運動会ではちっとも早く走れなかった。いたずらの手紙を書いて同級生を傷つけてしまったのを詫びていない。初恋はなぜ実らないのだろう。親とあとどれだけ会話ができるのか。痩せるというよりは柔らかさと張りのある体が理想。結局楽なのは男と女のどちらなのか。やがて四十歳になった自分。ただ好きなものを増やしてゆきたい……などなど。

そうそう決心のつかないことばかりが、心にわだかまろうとするので、ずいぶん困っている。だから、ひとつひとつを、心から丁寧にはなして、そっとどこかに置いてくるようにする。それを毎朝の習慣にしている。

事もなげに、朝食を頂く様を述べたが、実は私は大の朝食好きの人間で、日本は北から南、はては遠い異国まで、人が朝に何かを食べることに興味が沸いてしかたがない。願わくば、あらためて私の朝食によせる期待のほどを、どうか聞いて頂きたいのである。

三月二十何日か
ある齢ともなってくると、料理への関心の度合いを男が女に問う機会が、各段と増えてくるように思う。おかしなもので、同世代の女性間でそういった質問を投げかけあうことは、ほとんどない。それは、一度でも、台所に立って、包丁を握った経験のある女はみんな、料理はどうしたって面倒だと、瞬時に実感するからと思う。熱熱のフライパンの端に手をつけて、かるい火傷などしようものなら、なぜ自分は王妃に生まれなかったのかとげんなりする。これは、子どもの時分、様様な姫が夢を叶えてゆく、あの有名な作品の類の影響をまんまと受けた、さんざんたる結果である。もちろん、現実の王妃は、性格の不一致程度で離婚できる訳もなく、夥しい公用がある故に、体調の管理をプロの料理人に頼まねばならないのだから、人間的価値がちがうのだ。
で、男性からの質問。その回答は、「たいしたものはできないの。冷蔵庫の中に残った食料で、かんたんにね」と、決まっているのはいい年頃の女たちだけの秘密である。このワセンテンスのなかに、習慣の忠実、手先の器用、珍奇な多国籍料理をふるまうおそれの減退、驕らぬ姿勢、節約ならびに、高収入所得への望みの希薄、聞き手の抱く想像力の無限というのが充満している。

ちなみに、仮にも私は、「塩分と糖分の調整がしやすいので、自炊をします」と答えるのだが、いかがでしょう。高血圧や痛風に悩む人なら、きっと安堵するでしょうか。それは冗談として、私が台所に立ち入る理由が調味料のさじ加減の把握であるのはやはり本当であって、仕事を考えると、体調の管理の責任があるために、やむをえなかったのだ。息抜きとして、舌のしびれるように旨い、甘辛の料理も口にしていたので、帳尻合わせとして、日頃はなるべく素朴な味付けを努めていたという話である。十年近くもそうして調味料にこだわりを持つ生活を続けていると、舌そのものも純粋になるようで、今だ、生野菜には何にもつけずそのまま食しているし、そうすると原始の感じがして、活力の沸いてくるように思う。前夜の食事をひかえ目にした翌朝など、腹が減ってしかたがない。となると、口にするものは何せとてもうまいのである。早く、なにかを食べたくて起きる朝というのが、いつしか大きなよろこびになったのが、私が朝食にありがたみを覚えはじめた由来である。

朝食といえば、和食と洋食との境がこれほどくっきりと分かれるのもまたおもしろく思う。その日の予定がわりと体力を要するならば、梅干しやほぐし鮭の入ったおにぎりと味噌汁はかかせないし、午前が自由に過ごせる場合には、柔らかい卵料理をゆっくり食するとまたちがったうれしさがある。

今日の朝食には、あらかじめスライスされていたライ麦入りパンを、焼き直して、五分強ゆでた卵に塩をふりかけた。冷蔵庫にふりかける用の細かなチーズがあったが、焼くときにはうっかり忘れていたので、はっとした。このたび、こうして書き留めるにあたって、朝食たるものを一考したく、関連する雑誌を購入したのだが、三分から十二分と、時間をわけて卵をゆでた写真が載っている。さらには、ところどころ生クリームやチーズを加えるものもあるが、卵だけをつかった朝食用の料理がとにかく十通り以上もある。ホテル風に作るなら湯せんだとか、目玉焼きをつくる前には熱したフライパンをぬれ布巾に置くだとか、惜しみないひと工夫に、深くうなずいてしまった。

三月二十四日
関西からうんと離れた土地に越してみると、毎日の習慣がずいぶんと変わり、信じられないほど心身は楽になった。人と話す機会というのが比類ないほど少ないことで、往時、人との関わりによって胸中をかき乱されてきた厄介な生き方を手離すことができた。晴れて、無くもがなの対人と、おさらばになる生活を得て、ただただ、自分の人生の責任を取る真っ当な時間を享楽していると、オーヴァーにいうところ偏執狂ともいえる癖が極められてきた。例えば、空気の濁ったように思う空間に触れたら、物でも体でも、洗ったり拭いたりしなければ、安心して部屋に留まることができなくなったし、他には、読み始めた何かを、区切りのよいところまで読みきらねば納得できなくなったりもする。
何の話というと、分きざみのゆで卵のつかいみちの説明文が、事細かに書かれているのを、別段そんなものは読者の自由であるのは判っていながらも、まるで律儀に一文字のこさず句読点まで目を通さずにはいられない。テレビの番組表など、ふわりと視界に入った枠の文字を読まなければ気が済まないので、ちっとも興味のわいていない番組の、スタッフの名前まで精通する派目になっている。このために、端より番組表を目にする機会が、少なくてすむように、予約録画の設定をしている。それでも、ついついスイッチを押してしまうときには、案の定、ある一話さえ観ていないドラマの某回のあらすじをみっちり読み込んでしまうので、「もうこれで最後よ！」と割り切る冷酷さが私に求められている。

という訳で、五分茹でた卵が、もっとも良い口あたりと記事は説いていたのを、そっくりそのまま真似をしたのが今朝のことである。しかし何かがちがっていたようで、例にならったものの、あまりに白身は柔らかいままであったので、ふるえる指で殻をむいたあと、鍋に戻して茹で時間を一分強ふやした。それでもなお卵はゆるゆるとしていたけれど、パンにつけたり、つけなかったり、黄身をこぼさず食べ進めて、結句とても美味しかった。ははーん、とすぐにわかったのだが、冷蔵庫から三十分はとりだしておかねばならぬところ、十分も経たぬうちに鍋に入れたのが、原因なのだ。私は美味しいゆで卵を食べたいあまり、三十分とは待っていられなかった。
補足として記されていたとおり、鍋底にそっと置き、黄身を中央に寄せるためゆっくりと箸で転がしたのに、いくら神経を集中させても、元来、冷えた生卵を五分茹でるだけでは、説明通りの完成には準備が足りないと、目に見えていたのだ。有りすぎる時間と低血圧体質と気移りし易い性格によって日日の献立は増減しながらも、理想的な朝食について考えている。

三月二十五日
時間はいくらとあるのに、体がにぶってうごかないような、能率の無欲な朝、意地でもコーヒーとジャムトーストを用意するが、いってしまえば殆ど毎朝とそんな具合であるなか、チーズトーストを作った日はずいぶんとごちそうに思う。私は、トースターたるを駆使していて、チーズをとかすのはもちろん、料理用の紙を敷いて、練りものを焼き立て風にこんがりさせたり、上段の熱だけをつかって、市販のチョコレートタルトのチョコレートだけをとかしたり、器具の上板に皿を乗せてほどよく温めたりと思いつくことは何でも対応してもらっている。いまどき珍しい、手動で分単位の設定ができて、じりりじりり、とねじ巻きのような音のするのも愛着がわいている。

なるべくトーストを焼くときをのぞいて、紙をつかえば、トレーは汚れにくいし、私の場合、わずかな焦げを気にしたことがなく、常日頃の皿洗いの最中、時折…、ほんの少し胸さわぎがするようなときに、トースターの外側を丹念にふき、トレーをがしがしと擦り洗う程度である。穏やかな心境のときには、そうしたくはならない。チーズに関しては、さほど知識もないおかげで、どういった種類でもたいへん旨いのだが、様ざま食パンに乗せて焼いてみたところ、元元、短冊切りに加工されていると、パンの表面全体に、行きとどかせることができるので良いと思うが、実際に丁重に広げたことはない。いざとなれば、そうできるという話である。

たいてい、雪をかき集めて作った山のように、一カ所にめがけてふり注いでしまってから、指先で、ちらしている。素のままなら焦げつきやすい食パンも、チーズを乗せると、その厚みのあるほど、何分と焼いても良い具合の黄褐色になったまま焼けすぎることがない。余分に買うのをどうも控えがちな性格で、おなじ食材を二、三と冷蔵する習慣はなく、スーパーへ出向くたびに、ちがう商品に興味が移ろうので、あるとき円形のチーズを買って、八分の一くらいを乗せてトーストしてみたところ、よく膨らんで伸ばしやすくなった。しかし熟成チーズというと、ねっとりとした舌ざわりが特色と思うし、バターとは勝手がちがって、はじまで均一に塗るほどよい訳ではないように思う。食パンに乗せるにはピザ用チーズがもっともうまく仕上がるのだと、納得する。

飲みものについては、底冷えのする冬の朝は、まず昆布茶を口にするようにした。子どもの時分から親しむ味だが、年を重ねるうち、飲む機会があるたびその旨さに感動がやまない。でたらめな味があふれている時代に、自分の味覚はこんなにも昆布と塩のうまみを忘れずにいるものかと驚く。最近の流行には、茶を作って飲むといった本来の目途とは、異なるつかい方を勧める傾向があるらしく、今ちょうど棚に保管する昆布茶の缶にも、出し巻きの風味の向上と記してあるが、料理のときには乾燥昆布を煮出すのが常の私は、心がまどわされない。もし、昆布茶の粉末ととき卵を混ぜて焼けば、塩気が際立ちすぎたり、粉が偏って味にむらのできるように思う。

とまあここまで言ったけれども、実は昆布茶はいわゆる気付けの一杯と捉えている。主役は何年と珈琲ばかりで、渋い味を好むので、たいがい粉末を多めに掬っている。個包装された、濾紙の使い切り式であれば、店にあるなかで濃いめの品を手にとる。コーヒーミルは使ったことがないのだが、私には向かないと端より決めつけているし、どれほど真剣に使いこなそうと努めても、日本の喫茶オーナーの巧みな淹れ方にとうてい勝りはしないので、私の無理をするところではない。大衆的な商品で満足するのは通にあらずといわれても、猛暑の中で豆を摘んだことがないかぎり、偉ぶってはかえって恥ずかしく思う。

喫茶で飲むのであれば、銀髯をたくわえた、フランネルの色モノのシャツを着た店主が、静静とカップを差し出してくれるのが理想である。理知的であるのに寡黙で、仮にも会話の二言目にどこの国で修行を積んだなどやすやすやすと口にしない人がいい。客へのやさしさの滲んだ、読みやすいメニューブックは決まって手触りが良くて、どれほどの人がこうしてメニューを開いては憩いの時を過ごしたのかと思いを馳せながら、自分も同じように指跡にへこんだ部分を触れてみる。

ブラウンシュガーの入った陶器が据え置かれているとその卓はとても美しくみえる。客に何を聞くこともなく、コーヒーが届いてから、クリームの入った小さな容器がカップの傍らに後付けされたらもう文句などいいようがない。ブラックを徹す私も、ある瞬間、わずか一、二滴のクリームを垂らしたくなるかもしれないし、そんな自分に出会いたくもあって、わがままとは知りながらそれをできるなら受け入れてほしいと願う。

酒を飲まない私が、口にできる苦みは、珈琲の他にない。まねかれた人の家で出される珈琲をあまり旨く思わないのは、緊張しているためで、何がどんな味かを落ちついて考えられない。反射的に舌からすべり落っことしてしまうほどまずいものを省いて、なんというのか、人の家に行くと何をたべてもあまり味がしない。料理なり、飲みものなりを、相手からこちらへ差し出されるような、受動の精神が、本来、貪欲なはずの味覚を、鈍くさせている。他人の家では、無責任な舌になっているのだ。

仕事の打ち合わせの際に飲んでも、同様の始末。しかるに自分の家で、一杯あたり三百円もするようなインスタントをマグカップに注ぐのが、もっともぜいたくで、安らぐことができるので、生涯、ときにはこういった自分だけの美味しい時間のあることを願っている。

21.12

ある日。

理郷してから、一年と半年が経った。新たに出会う方たちに自己紹介する折、照れに似たような気持が芽生えることも、そろそろなくなってきたように思う。私の住まいから特急に二十分も乗れば、有名な歓楽街があって、引越してまもない頃は、わざわざ買い物に出向いたけれど、これでは、昔の生活とちっともかわらないと思って、退屈してしまい、もう一年ほど、若者の集う繁華街に足を運んでいない。たとえ行っても、することがなくなってしまったのだ。私の暮らす居住地区のことを、年下の人たちは、遊ぶところは何にもないと言うし、ぐんと年上の人たちは、魅力にあふれると言う。私は後者の意見に大きく賛同しているので、そのとおり、暮らしていて物欲への不満はまったくない。

人間には平均的な生活というのがあって、日日の喜怒哀楽の均衡のほど良さに示されるように思う。いつも悲しい人というのは、災いを食らい込んだまま逃げない人のことであると思うが、それを生涯憎みながら共に寝食するのも、はやかれおそかれ手放すのも当人の自由なのである。

悲しい人は、なんの気なく道を歩くだけでもかなしくて、一足歩くたび憤然として一足歩くたび虚しいのだけれど、しばらく歯を食いしばっていたら、ある朝さて清々しく散歩をしようとひらめいたりする。しかしも、幸せになると人は慰められなくなるんだなあ、としみじみ感じる節がある。誰に相談もしないまま、ずいぶん遠いところまで来たのだから、だれも慰めようも、とがめようもないのは当然のようである。死を覚悟するときを省けば、好きなことをして生きてよいのだと今の私はようやく気が付いた。

それでも一応、殊勝にも毎日一喜一憂をしている。新しい急須を買うのに、数日、決めあぐねていた。以前二つあって、うちひとつは透明の、茶葉も茶漉しも丸見えの現代風のデザインで、すぐに割ってしまった。毎度緊張をしてしまい、性に合わなかったように思う。もうひとつは、白い陶器のもので、時々、胴のふちの茶アカを見てぎょっとしては磨くのをくりかえし、長く使っていたのだけれど、常のように、棚に収納するつもりが、ちょうど注ぎ口を戸の端にはさんで割ってしまった。不意というよりも、自分の手でしっかりと壊していった感じが、ミリミリと砕かれる音からよくわかるのは、不気味である。

それからはスーパーやホームセンターに行くたび、千二百円くらいの急須を見つけてはどうも買いたい理由が思いつかず、その間はパック入りの茶を飲んでは、どこかの店に、ぴんとくるものが置いていることを大様に望んでいた。卸売の値段で洋服が買えることから、近頃、たびたび寄る店に向かっていたところ、（繁華街ばかり廻っていてはとうてい目にする機会のない、こういった衣服屋の有難みについても思いは尽きない）そこは大通りを脇に逸れてから、大胆なU字の描きながら裏通りに入ると在って、進路が少少複雑なために客入りが常に乏しいのが御節介にも心配なのだけれど、何かの拍子に手前の茶屋に入ってみようとひらめいた。はじめ、いつものように通りすぎたのを、茶屋といえば急須だとはっとして又、戻っていったところ、店外の置看板に目を凝らすと、「急須入荷しました」と表記するのを認めて、かけ足で茶屋の中へと入った。すぐ左の方では、若めの女性がひとり、淡紅色と抹茶色のソフトクリーム二個を両手にかかげもって、機嫌よく帰ってゆくのに出くわしたが、むりをせずに旨いものを食べる人は素敵だと思うし、きっと彼女は行列に並ばないような人柄にも思う。

ある尊敬する作家はエッセイの中に、食い物の行列をみると戦争中の炊き出しを思い出して、悲痛な心境におちいることを披瀝していた。日常の平和を月並に楽しむことに、罪悪や背徳の感を背負う人というのは、私を魅してやまない。

女性客が出てすぐ、見るからに店の人らしき年輩の女性が隅から顔を出してきて声をかけたので、私はすかさず軽い会釈を返した。右の方へふり返ると、三段の棚にいくつも急須が並べられているのを見て、すぐに値札をたしかめると、どれも四千円より高くはなかった。私は没趣味であるくせに近頃、身のまわりの品に少少と気を配るようになって、コーヒーカップひとつにしても、質を選んだりする。ただし、飾りでもないかぎり、どうしても割れるおそれから、繊細なつくりには手がだせない。その点、この日はからずも覗いてみた茶屋に取り揃えられた急須は、どれをとっても、厚手の陶器に安定感があって、私の好みであった。

ふたに楕円の小さなアルミシールが貼られて、愛知県うまれの常滑焼とか、三重県うまれの萬古焼とか書かれている。柄は付け根から端へ徐徐に太くなっているので握りやすく、茶と朱の色の、乾いた手触りが寂寞としていて、根づよい感じを出して、この急須に注いだ日本茶を飲むと、気がしっかりとしてくるのだろうと思う。丸いめがねをかけた、小柄で色付きの割烹着を身に着けた店の人は、ひとりできりもりするらしく、きびきびと活発に、そう広くはない店の中をよく歩いていた。

余所余所しさはなく、かといって偉ぶるのでもなくて、こういう人に接客されては、なにか買って帰らなくては、とまんまとほだされるのである。別段、ここで急須を買わずにいれば、またしばらくパックに湯を注いで浮輪のようにコップの中で無為にゆらいで湯が薄らみどりの色になるのを待ちぼうけるだけであるが、訳もそうわからぬまま物色していた私をみかねてか、上等なうつわで試飲させてもらえたので、すんなりと気はかたまったのであるが、やっぱりこういう正道を行く人は、紙コップで茶をのませたがらないのが、よい。

店の人は「最後の一滴まで入れるのがコクになる」と言って、急須を逆むけると、二、三振った。五分咲きのチューリップほどのさしわたしの湯のみに入った上煎茶はみると三層に濃淡がわかれて、間を置かずに二口でぐいっといくと、甘味と渋味の両方があって、とても美味しかった。今し方、コンビニエンスストアのコーヒーを飲んでいたから、はらはらしたけれど、上煎茶は体のどこかちがうところへ流れていったように思う。

私は空の湯のみを差し出すよう置いてから、すくっと立ち上がって再び店の中をまわった。海老の味噌汁と、蟹の味噌汁とが五百円あまりの値で袋売りされていたので、手に取って見比べながらずいぶん迷ってから戻した。緋毛氈を被せた床几台に御茶請けの並ぶのが、さっきから気になってしかたがないので見にゆくと、昆布のおつまみ、梅肉を練り込んだゼリーが一口ずつ小分けされたもの、刻んだせんべいの袋詰めなどが幾種とあって、なかでも塩梅あめというのが、いちだんと私の目をひいた。名の通り、三重県伊勢市で作られたそれはアンデス山脈で掘りおこした岩塩と紀州梅のエキスとをいいあんばいで飴にしているらしく、ひとつ買って帰ると決めた。

（ちなみに、この日からしばらく経っているが実のところいまだ開封してはいない。第一に、私は近頃、飴を舐める習いをめっきり失してしまったのと、季節がら、日頃は汗の滴るほど動いたりしないため、塩気のつよいものを食間に口にするのにためらいが少少ある。であればなぜ私はそれを買ったろう？思うに、あんばいの本元として、時代の変遷に屈しない、壮大なことばの力に感得して、ひどく惹かれたのであった。）

八種ほどの茶葉がショウケースのなかに分かれて、右から左に移るにつれ値は上がって特選のは百グラム二千円はするのだけれど、店の人は、客の分不相応を判っていて、要するに、高級品をちっともすすめないので、何とも良い人だなあと、店を出てからも感服していた。高級品を売る店に勤める人間の、知ったか振りの態度というのは客としては受けがどうもよろしくないと思う。自己の価値と混交させるのはとても傍目にこっけいで、みていられないように思うし、はたして買わずじまいというのは時々ある。

しかし、真の買わせ上手の秘訣とは購買をけして強いたりしないことであるように、この店ではつい何であっても手に取るべき空想の歓迎のために、どんどん気が良くなってゆくのにはいよいよ困ってきた。茶葉は自宅にほうじ茶があるとぼそっとこぼすと、店の人から一流の茶ではないことを身ぶり手ぶり遠まわしに言われて、そうこうして上煎茶を買ってかえると腹は決まった。

ショーケースの据え置かれた壁ぎわに、鮮やかな缶が何十と並んでいるのが気に入った。近くにみると茶缶に柄つきの和紙を貼ったものが小中大、三百円から千円あまりの値がつけられていたので、柄の細目までみようとしたけれども、手アカがつくとわるいので、あらんかぎりに目近まで顔を寄せていたら、私の体はほとんど作業場に入っていた。選ぶつもりでしばらく見続けているうちに、工夫をこらせば何かしら家にある缶で似たようなものを作れる気がしてきたので、それからは、店の人にわからないようようまく見かぎる時機ばかりを考えて、いよいよつかれてきたので、潔く急須の棚へと身を反転させ戻ることにした。飲みおえた昆布茶の缶が台所にあるのを思い出したので、帰ったらさっそく試してみる気になった。柄つきの和紙は、艶子が破いた障子のつぎはぎ用に、たくさん買いためておいたのがある。

わりとすぐひとつ選んだその急須は、たしか二千四百八十円の、胴は薄茶色に底の方の色が濃くなっていて、ふたと胴に松彫がなされている。会計のとき店の人が、

「よかったらこれひとつ、使ってみる?」と、アルミ地のむきだしした茶缶を手にかかげたので、

「迷惑でなければほしいです」

と言って頂戴した。店の人は銀色の軽そうな缶を紙袋に入れながら、

「きれいな紙とか貼ったらおんなじようになるから」

と、私の心を知ってか知らずか教えた。

あんなに近づいてまでながめていた人などいなかったのだと思うし、当初は、作りの良しあしのせいで狐疑逡巡していたのではなく、好みの柄を見つかるまで探していたのだが、近頃用心深く生きているために、そのうち台所の空の缶が頭に浮かんだまでのことだった。ああいう時、見栄はりの主婦なんかは、何百円と払わずとも簡単に家のものを使って作ることが出来る種明かしを大声で言うだろうからよくない。そんな人には、無地の茶缶を店に余していても、あげたくない気持ちはわかる。ソフトクリームは食べずに帰ってきた。作るのはあの店の人とわかっていたので、注文までしたら、あの人は働きすぎと思う。

帰るなりすぐに千代紙と、もらいものの素地のむき出した茶缶とを机に並べ置いて、そのほかスティック糊とものさしと、家のここそこから取り出してきた。ついでボールペンなんか出てきて、文房具というのは、家中の引き出しからぽっと見つかって、たいがいは新品なのである。
千代紙を缶の丈に合わせたところに印を付けて、缶を置いて、千代紙に印から、ものさしを使いながら線を引いて、又ものさしに力を加えて押さえ余りの丈を切りはなす。鋏を用いない訳は、どう慎重に切っても、いや慎重に切るほど切れ目が波うってしまうからである。ものさしを支えにしてみると、切断面がごく細かに毛羽立つのが、温みがあって、千代紙によく合うように思う。千代紙は二枚もあればことたりた。

缶をまわしながらのり付けした千代紙を貼って完成したが、出来うんぬんよりもまず店に見た茶缶とどこか違和感がある。考えぬいたところ、ふたがゴム製であることが明らかな違いで、店の売りものはちゃんとアルミ製のかさ高いふたが付いていた。おかげで、はやばやと仕上がったので、それそれはでよかったし、万華鏡のような寸胴の缶はとても美しくみえた。その晩みようみまねで淹れた茶は、うまかった。

四月十一日
別府に来た。途中、臨時に設けられた大分交通の窓口を偶然見つけて、ここから出発する観光名所のススメを尋ねると、齢のそうはなれていない男性社員がはじめ、バスの路線図の二、三の名所を指したので、

「なるべく長居のしやすい駅に降りたいです」

との私の注文にしっかり頭を抱えて、後方で作業をされていた別の社員たちに、助けを求めはじめた。

窓口がちっとも混雑していなかったこともあって、ぞろぞろと年上の二、三の社員が私の前に来て、親身に駅ごとの町なみのようすを知るかぎり教えて下さった。私は、公共の乗り物というのがたいへん不得手で、しかたがない。このたびの別府にかぎらず、どの駅におり立っても、お手上げで、改札口を探すのにも頭が混乱する。さらには、たいがいひとりごとを言っている。

行く先が殆ど決まりかかるころに、ある冊子を渡され、中身をめくると大分県内をめぐるバスの時刻表を集めたものであった。四、五名の社

員の満場一致によって鉄輪温泉街に行くことになった。時刻表は、数字が間をあけて列している、単調で簡素であるのが余計に、紛紛な並びにみえて、何をどう辿ってゆけばよいのかわからない、という始末。冊子を社員とのぞきこんで、現在地から発つ鉄輪までの時刻を載せた頁の、二時十六分という数字を認めて、私はとても安心したので、礼を言ってから去ろうとしたところ、また親切にも施設の自動扉のあたりまで見送ってもらい、おかげで停留所がすぐ近くに見えていることがわかったので、これほど明解なことはない。

二つある停留所のうち、はっきりと鉄輪の地が明記された屋根の下に待っていると、片一方の停留所に先ずバスが到着したのを見て、あれこそが自分の乗るべきバスであるような気がして、ひどくはらはらしたが、今回は、交通局勤めの社員のおすみつきであるので、素直にじっと堪えていた。

三十分もかからず鉄輪に到着した。降りしな、てっきり釣りが出てくるものだと思い、きりよくうん百五十円を入れると、あと三十円が返らない仕組みであるのを知って驚いた。運転手は知っていたのだ。こういうのは殆ど運試しのようなものだと身が震える思い。

鉄輪温泉と掲げた門が目に入った。その右下の小さな石像にも同様に名称が刻まれている。すぐさま右手にみた、大木をばっさり切った仕様に上人湯と勇ましく筆した看板のすぐ奥の、なにやら据えられた仏壇のよこの、竹の筒のなかには、鉄輪俳句湯けむり散歩と記された用紙が束で入っていた。投句筒らしかった。

俳句の品評に納得する人というのは存在するのだろうかね。無難にこなすのが幸福のもっともたるものと捉える自分のような面倒臭がりの者からしてみると、端より平らかな心中を句にしたものを、その言葉じりにつけこんで、なんやかんや文句をつけるというのは、どうも手強い感じがしてやまない。壁の掲示物をみると、金龍地獄の湯を一遍上人が住民にたのしませる意が説かれていた。

風呂に入るための持ち物がなかったので、入り口のあたりに長長と立っているあいだ、横長い腰掛けに男性の老人と女性とが座って、よそよそしいわりによく喋っていた。女性はそこそこ年を重ねているようで、ひとりで笑ったりおこったりしていて口調は気早だが、わりと温泉の客というのは女である場合、こういった人が多いように思う。思い起こせば、あるとき別の温泉で自分ひとりが湯に浸っていたところ、母親世代が五、六人ぞろぞろとやってきて、皆そろって端に座り膝下だけを湯につけてとめどなく喋っているのをみているうち、壁一面のガラス窓を越して自分が露天にいたこともあって、彼女たちの成した一列はどんどん野生の猿が憑依してゆくようにみえた。そういうときは、雰囲気に気圧されて自分は世に存在しないものと思う。体の不具合や心的に元気のない人が温泉で療養する時代はとうに過ぎたのだ。

　道をまた進むと、妙に凝った造りの噴水があって、それは湯冷滝で、湯雨竹から送られた温泉を五度下げて足湯にながすのだそう。

　壁に沿って櫛形に湯がふき出している。となりには飲泉場をこしらえて、いかにも好物は鮨とでも答えそうな老人顔の鬼の像口から蛇口が露出していた。その蛇口の先は熱熱の温泉を垂れ流していた。柱に貼りつけられた紙に記された効能には、飲泉は慢性消化器病と、腸の滞りによいとされていた。ただし添えた紙コップの三分の一より多くは飲んではいけないそう。どのみちなんとなく飲む気にはならなかった。別段、衛生のうんぬんではなくてひとえに、毎日のみつづけるのが効力と思われた。

中庭の広くあいた大きな家屋があって、上の方に地獄蒸し工房と書かれた看板をみた。湯気の盛んに出ている元のあたりを探すと、年季の入った複数の婦人たちが、腰上ほどの高さの台の、くぼみに食材を入れる作業に従事されていた。桃色のゴム手袋をそろって付けていた女性たちは、何カ所とあるうち自分の担当する台の蒸しあがりを待つ時間になると、手のあいた人同士、どこからか二、三と集まって毎日これだけの湯気に覆われたなかで仕事をすると、肌が乾燥しないように思われる。蒸し方は何十年と同じでも、食材が毎回と変わるのは、作業する人にとってはなるほど、ある楽しみのように思う。

宿の夕食を控えているため卵ひとつずつだとか、金をおしまずありたけの食材を全員分だとか、勝手に考えだすととまらない。ついでに、もっとも高い品は、たらば蟹デラックスの三千八百円、もっとも安い品はむし卵百五十円であった。以前に湯布院でほの黒い色をした蒸し玉子を口に入れたとき、白身がゼリーのように柔らかいままで、ゆで玉子と全然ちがったので驚いたことがあった。ここの卵もたぶん、似たものと思う。同じようにみんな驚くのである。日本人だけはもったいないから茶で流しこんだり、丸めたちり紙で、食べ残しを隠したりするのだから、贅沢に慣れたわりにはいまだに気がやさしい。

（四月十八日と十九日に記す）

ひきつづき鉄輪温泉街。商店街の殆の店はシャッターを降ろしていた。ひとつ喫茶らしき店を見たが、客だか店員だか老いた女がストローで冷たいものを頬をすぼめて啜りながらずっと通りの方に目を凝らしていたので、それを見てひるんでしまって入らなかった。地獄蒸し工房のあたりが人の群がりのあったものの、少少歩いてゆけばものさわがしいとは到底いえる様子もなく、一帯はとてもひっそりとしていた。通りに並ぶ店の十軒に一軒は営まれていて、だいたいタオルや婦人服や袋詰めの肴などを売っている。

会館を覆いそうなほど巨大な看板に化粧を施した俳優が描かれているのがみえた。この日、ちょうどヤング劇場は小泉ダイヤが出演していたらしかった。こういうものは、観客の礼儀のようなものが求められているように思えて、気軽に立ち寄るのは遠慮するたちである。せめても、シャツなりプリーツスカートなりまともな洋服を着ていたならば話は違ったかと思われて、運動着を着てきたことがなかなか惜しい。客の礼儀というのが、演者や配膳係の礼儀に勝ることは良いことと思う。粗野な客というのはエンターテイナーにとっては、はた迷惑なはなしである。無遠慮な者に足を入れさせないためを思うと、一見客おことわりを呈する店の方針もなるほど納得するしかない。

荷物が肩にのって重くて歩みが遅いのもあって、しばらく何も考えずぶらぶらして、ようよう休憩場所を探すことが間近の目標になって、ひたすら四囲に目をくばって歩いていると、宿屋の向かいに、庇の下に設けられた休憩場所が在った。長椅子に座る前に一本、店で温泉炭酸水を買う。さっきから、各各のタオルや備品を入れた桶を片手に、友人や家族を引き連れて通りを歩く人たちを目にする。サンダルをはいた素足のかかとががさがさと乾いている。どきっとする。新境地を開いている感じがして、妙に見入る。

前方の宿屋との間、停められた多数の車の列に向かって、きんちゃく袋を手にぶらさげた年配の男女がやってきて、帰ってゆくところである。多分、男はやけにぶかぶかのジャケットを着ていて、湯上がりの感じがしなかった。

ほてった足が楽になってきたところでもう一度、売店の中を覗いた。乾燥させた大葉を塩と混ぜて瓶詰めにしたものを手に取ったが、瓶が厚すぎるので、買わなかった。袋詰めであれば軽いし、荷物にはならないところだったので、これも惜しい。わかりやすく吝嗇な自分は、包装のために重くなるのが、納得できなかった。瓶がうんと厚くて、中身がぐんと遠い存在になっているよう。なにより大葉を乾燥させるアイデアはとても良いと驚いた。

二度目に入ったときは何も土産にせず店をあとにした。これから三、四十分はまだこの一帯をうろつくつもりで、喫茶を探した。近くに一件あるのがわかったところで椅子から腰を上げた。歩き始めると、細道にキジ柄の猫が出てきていた。私の顔を見るなり、誘うように通りの脇へ走っていくので、あとを付いてゆく。店名が書かれた木板が、庭木にぶら下がっていたので、商店かと思ったのだが、よく見ると一軒家であった。

茶色のまるい猫は、小さく鳴いて土の上に伸びたり毛づくろいをしている。よくよく考えると信じられないのだけれど、どうも気になってしまい、見知らぬ人家のベルを鳴らした。何とかなるだろうと思いながら、二度ベルを鳴らすと、微笑みを湛えた外人の男性が戸を引きながら「こんにちは」と言った。商店かと間違えた旨を伝えると、ここで旅館を営むことを教えられた。聞いてはいないがさっきの猫はこの家の子と思う。

何だか、ところてんが喉を通ったように後味のよい笑顔であった。目指していた喫茶の手前までくると、老女が二人とも手を後ろで結んで、私の目前をゆっくりと過ぎていった。ここらは時間が流れている感じがしないのが日帰り客にはありがたい。

富士屋に着く。店はわりに原生味を残した庭に覆われて、離れは売店になっていた。ざっと四時はすぎていたが、喫茶が五時になって閉まるまで、先ずはここで何か土産をえらぼうと思う。土産といっても大そうなことはなく自分用である。九州から集めた作家の品を、八畳弱の部屋に均等に上段下段をつかって並べられていた。重ねていうほど誇れたものではないが、近頃ひどく吝嗇になったために、新調するものも、気楽に買いものをすることがなかったので、ここはひとつ、肌に合うものを何としても見つけたいと半ば躍起であった。

そうこうして、ひとりの若い女性の店員が、母屋に通ずる連絡口からひょっと現れて、私と顔を合わせた。眼鏡をかけて、化粧を施した様子はなく、黒黒とした髪をひとつに結んでいる。

私が、ある竹の箸に興味を持って、レジスターの奥に向かって二、三と質問を投げかけてみると、店の娘が私の元に寄り、この箸には大小があると教えた。そう言われてみて、たしかに気がついた。添えられた用紙には、何やら体によくない塗料を使わずに作られた箸であることが書かれていた。その説明書きの紙を持ち帰ってよいかどうか聞くと、すぐさま「どうぞ」と親切にもそう言われた。が、みると紙は一枚きりのそれで、客の指の跡など付いており、客に配るつもりではないようであった。つまり私がもらってしまえばその説明書きがなくなるのを、そのまま口にすると、店の娘は、はっとした表情をこさえて固まってしまった。自分の方もまずいことを申し出てしまったと思い、仕切り直して、メモを取らせてもらえれば十分であると伝えようとしたところ、何かに気が付いたようである娘は、無言のまま、すっと奥へ入って消えてしまった。

すぐさま私は、説明に書かれたことをから要の言葉を、持参したノートにメモをとった。複数ある色にずいぶん迷って、ようやく二色をえらぶと、レジスターの前に置かれた不在用ベルを鳴らした。三分もすると、また娘がひょいと暖簾をくぐって戻ってきた。支払いを済ませ、レジスターに紙幣が納められると、娘は又何かを思い出したように早早と引っ込んでいった。

喫茶は、ここから出て数歩歩いた先の母屋に入り口を構えるので、つかの間、庭を横目に向かっていると、特別保護樹木の標識を立てた敷地に、ウスギモクセイがそそり立っていて、見物人が手で触れないよう、枠が組まれている。ソバージュのような枝が絡みそうで絡まない具合に目一杯伸びて育っている。大きな木の枝分かれしたところから頭までを密に覆っていない葉は、日ましに増してゆくのだと思う。

太陽はずいぶん西へ傾いていた。乳白色の空の向こうを見上げると、木のてっぺんのくっきりとした輪郭を捉えることができた。ここに植えられただけあって、宝石のように大事にされている木だなあと思う。

戸を横に引いて中に入り、靴を脱がずに店の人を待っていると、厨房から暖簾をくぐって出てきた先ほどの娘と目が合うなり、恥ずかしいような嬉しいような感じから互いに小さく笑った。娘が売店に現れては消えたからくりがわかったので、安心した。客は私の他に一組きりで、空いていたこともあって、贅沢にも幅広のソファに腰を下ろした。ちょうどはす向かいの格子窓から、中庭の西日がよく射しているので、床には格子の影が殆ど足元まで拡がっていた。

　洒落た装いの女性二人の先客は、注文してからほどないようで、店の娘が、二つのグラスを盆にのせて慎重に運んでいるところを、何とはなく見ていると、客の前で盆をひっくり返していた。娘は慌てて奥へ戻ってゆき、当の女性客はまた楽しげに会話を持ち直していた。長長と見物するのも失礼と思い、正面を向いてじっと待つことにした。すぐに脇の方から娘はメニューの紙を渡しにきた。珈琲を注文する習慣はあるが、奇を衒ってみたくなった自分はさんざまよった末にミントティをたのんだ。菓子がついて、喜んで食べて飲んだ。喫茶に入って一人で茶を飲むと、寂しさと幸福とが絶妙に交わるように思う。こればかりはいつでも飽きない。見慣れた内装ではないし、平生よりも一段とぼうっとしていると、別段呼びかけたわけでもないはずの店の娘が席に来て、「これ…

…」と消え入るような声で言いながら、半折りの紙を差し出したので、開いてみると先刻、私が持ち帰りたがった例の説明書きを、あらたに印刷したものであったので、これにはひどくおどろいて、喜んで礼を言った。刷られた紙は平らでつるつるとしている。期待しないとよいことがあるものと思う。手のとどくところに本棚があった。立ち上がって近くでみると、いろいろと取り揃えた本がおもしろく、そのうちから白州正子著の『器つれづれ』を一冊取って席に戻る。

そういえば、と交通会社の人たちからもらった冊子を開きながら帰りのバスの時刻を調べていたら、あまりゆったりと時間が残っていないとわかった。白洲正子さんの本については、丁寧に文章を読む機会を逃したので、近近、図書館に行って探してみることにする。

財布をごそごそまさぐりながら茶代の五百円余りを払い終えたら、あとは一万円札がきっかり残った。又、行きしなにバスの件で抱えた侘しさと同じくして、支払のうんぬんのために運転手に疑心が生じるのは御免であるから、ちょっと考えてから、隣の売店で再び土産を買うのがよいと閃いた。この売店をのがすと、タオルやらスカーフやら取ってつけた様な土産を持ち帰る派目になるところである。

去りしな、店の娘には「もう一度、あちらの店に寄りたいのですが」と口で伝えておいた。売店でカップ一式が目に留まった。ソーサーの方にだけ値札が貼られていたので「カップだけでも買えるのですか」と尋ねると、二階にいるオーナーにたしかめてみると言ってまた奥へ消えていって五分はもどらなかった。こういう、食器一式の値ふだの付け方というのは案外難しいもので、作家それぞれの時価であるから、たかいのか安いのかは、買い手にはわからない。作ってないから、こちらが価値を付けられない。

戻ってきた娘は、こちらは一式で売っているのだと、やはり答えた。茶色の濃淡が二層にわかれた、手ざわりの滑らかな、小ぶりのカップと同じ色あいのソーサーを三千円と少しで購入した。娘が丁寧に包装するあいだ、温泉街に来たものの温泉に入っていないと伝えた。自分で言いながら、そうなんだなぁおかしいなぁと思う。

それから娘にバス停の位置を教えられたが、興奮気味であった私はしばらく反対の方角を歩いていた。するとまたヤング劇場の前を通る。ちょうど公演を終えたばかりであったらしく、演者たちが入り口の際で挨拶をしているところが、外から覗けた。演者はたしかに看板と同じ舞台化粧をしている。スターそのもので恰好が良かった。

バスに乗るには長い坂道をあと三分で登りきらなければいけないので半ば諦めながら急いでいると、空きのタクシーが二台続けて、うしろから心配そうにゆっくりと私を越していった。私と最後のバスは同時に停留所に着いた。念の為目的地を確認すると、「それ、停まらない。あっちのバスです」と言われる。対角の停留所の方に、私と、私の乗るべきバスが同じ速さで向かっている。当人の背の半分はありそうに長い花の鉢を抱えた白髪の男性が通路をはさんだ向かいに座った。弓なりにたかく茎を伸ばした、白い大きな蘭かもしれない。

老人は、「花屋の前で降ろしてくださーい」と大きな声を出したが、運転手からの返事はなかった。老人は自分が押したボタンの駅で降りず、また重ねて大きな声で言ったところ、バスは既定の場所以外にしぶしぶと停車した。運転手の「どうぞー」という不機嫌な挨拶がマイクと通って車内に響くと、老人はとてもうれしそうに、二、三会釈をしながら降りていった。

降車口の外には嫁だか娘だか、鉢植えを受けとろうとするのがみえて、女はバスに半身を乗り入れて二人で鉢を持つが、どちらも受け渡しの仕方が逆で、ちっとも円滑にゆかず、残りの客は皆、運転手の顔色をうかがっていた。私が降りる番になって、五百円をおそるおそる両替してみると、うまくいったので色々と報われた感じがした。

四月何日
七時半の目覚まし時計、聞き過ごす。八時をすぎて起床。昨日から降りつづける雨は徐徐に弱まっているらしい。粒子のような雨は、音ではわからないので、二階の窓から見下ろす瓦の濃くなっているかどうかで、見極めている。大雨のときは瓦が光彩を放ちながら黒黒と光って、小雨のときは斑もようの墨付けを楽しむこともできる。
家と山がこうも近いとなると、冬でも湿気を感じ、台風などは例外として、多少の雨の強弱は昔に比べてほとんど気に留めなくなった。雨粒の注がれた洗濯物も、ひどく急いで取り入れることもなくなった。
恋ちゃんは、雨がちょっとばかり苦手なようで、縁側の硝子戸を数回開閉しても、雨天の庭には出ようとしない。めのうは、出たければ雨だろうが快晴だろうが出てみるといった様子である。艶子は日増しに外に興味を持っている。恋ちゃんとめのうたちは、しばらく庭に放っていても、そのうち家の中へ戻ってくるが、艶子は、どうかしらない。一度、夜遅くに艶子が玄関から出ていったことがあった。時間も忘れて私は彼女を探し回っていた。四時間ほどしたら、家の周辺でうろうろする姿がみえたので、物陰に張り込んで、家に連れてかえったことがある。じっとこらえて待つ間、もう会えないかもしれないと思うと、これほどひどく悲しいことはなかった。見つけたときはこのうえなく嬉しかったのを忘れられない。四時間も外にいたけれど、家に帰ってくるなり彼女は常のように壁で爪研ぎをしていた。恋ちゃんとめのうと、互いに体の臭いを嗅ぎ合ってから、愛用の毛布の上で休息を取り、ごはんを食べてそのうち寝ていた。

この朝は、空一帯が雲で覆われていて薄ら暗かった。土に染みていた雨水もずいぶん乾いたようで、恋ちゃんは足取り良く庭に出てゆき、めのうも釣られてついていった。すこし前に落ち葉や枯れ枝を取って庭を整えたので、彼女たちがどの草陰に潜っても見通しがよくなった。恋ちゃんの巡回後の報告によると、ときどき野良の猫もこの庭に来ているらしい。

朝食、昨日、産地直売所で買ったアボガド（これはたぶん日本産ではない)を切って、マスタードとつぶしながらあえたのを、よく焼いておいたチーズトーストの上にのせる。インスタントのコーヒーの粉が底でかたまっている。粉が溶けにくいのは、きっと外気の湿度がたかくなったからと思われる。

部屋の大まかな掃除をする。和室のみ掃除機をかける。その他の床板はほうきで掃くだけにしている。カーペットを外ではたく。昼食に卵チャーハンを作る。昨晩多めに炊いた残りをタッパーに入れておいた分の白米を炒め直したので、あっという間に出来上がった。

十五年ほど毎日いつも眠い。気もちがなかなか明るいときも、すごく眠くてどうしようかと思う。何が原因かはわからない。別段、毎日思いついたことをやって生きているけれど、何がこうも私を眠くさせるのだろう。三十歳になったら、日中の眠気はなくなると思っていたけれどそうでもなかった。夜の寝付きもわるくはない。けれど、そうそう昼になればねむい。しいていうなら、夜、風呂から上がったあとのつかの間、目がさえるときがある。けれども、ベッドメイキングや歯磨きのことを考えると立ちどころに眠くなりはじめる。要するに何かを考えているときが眠い。

四月二十九日
いくらか前、市民ちらしを捲りながら、むこう二ケ月分の地域の催しの宣伝欄を上から下に目を通していると、ガムラン演奏並びに森林散策をするという、ひとつ興味深いものがあったので、さっそく予約をした。メールを送ったのは二月頃であったので、四月末日というのがどれくらい春らしい気候になるのかちっとも考えつかなかったけれど、当日は、涼しく、朝からよく晴れた。桜も散りはじめていた。
隣の市の女子大学に行く。多分、在学生の娘がデニムのジャケットを羽織り、洒落た格好で自転車を漕いでいるのを道中に見かけた。急いでいたのか少々険しい曇ったような表情がかわいらしかった。
十時の集合時間に、十分あまり遅刻をした。午前は、身支度に時間を費やしてばかりで、殆どの私用には平気で遅れるのは、たしかに芳しくないのは重々わかっている。かといって、夕方に集合するときなど、昼にはとうに仕度は整うものの、場所を確認したり、あれやこれやと心配していると、いよいよ面倒になってきたりする。この頃、自分に正直に生きるようになったので、私用で待ちあわせをすることが、まったくとなかった。これは私にはもっとも幸せの証に思う。この日の十時集合に向けて久しぶりに、他律的な時間のつかい方をした。

こういうお粗末な人間は、ただ時間に間に合うというだけで、ひどく誇らし気に一日の残りを過ごすことができるのも、考えようによってはのんきなものである。指定された会館の三階にエレベーターで上がる。大きな講堂があって、開き放された荘厳なつくりの扉の奥から響いているガムランの音色が外へ漏れていた。入ると、前方の座席に二十名弱がまばらに座って、舞台上の生演奏を、ビデオに撮ったり、静かに聴いたりしていた。

服装も年齢も性別も雑然としている。人心を鎮める音色に身を浸してみる。五分もすると演奏は終わって、中央で指揮を取っていた年配の女性がすくっと立ち上がって、私たちに壇上へ上がるようか細い声に力を入れて言った。市民ちらしに宣伝された催しはたいがい年配者が集うけれど、今回は、平生教授の講義を受けているらしい女子学生が三人も参加していたもよう。うちひとり、やたら美形の女学生である。

ちらしに記された説明文はぼんやりしたもので、森の中でガムランを演奏するのだろうと思っていたが、聞くと午前は講堂でガムラン演奏の体験をし、午後は大学の敷地内に所有する裏山に入ってゆくらしかった。どうやって、森まで重たい青銅楽器を運ぶのか今の今までずっと悩んでいたので、なるほど納得した。

舞台に上がると、女性の教授は、参加者の点呼を兼ねた自己紹介を頼んだ。さっそく二番目に自分の番が来る。仕事先でバリ島のガムランに興味を持ったきっかけを伝えると、教授は、「これらの楽器はジャワのものです」と言いきる。女子大の教授は、私がバリ島に行こうとも職種も関心はないかわり、ジャワのガムランは瞑想につかわれて、宇宙そのものを表し、その一方でバリ島ガムランは感情を惜しみなく出してゆく感じであると教えた。

「楽器をひとつずつすべて弾いてみてください」

と言うので、その通りまんべんなく触れてみる。

幼い頃、身の毛もよだつような怖い先生にピアノを教えられた自分は、音楽に長ける人というのが、だいたいひどく神経質なことをよく知っている。受講者のうち誰かが桴を何度も叩いたらしく、

「それは連続してたたかないものなんです」

と教授はやはり手厳しかった。

手の力の微細な強弱がわからなくなるのは年をとってきたからだろう。徐徐に何かを行うことに自由がきかなくなるから、街のおばあちゃんなんか、わりと早食いが多い。散歩中の老人がむしょうに生き生きと活発にみえるのもそういう訳に思う。この教授が、実年齢より若くみえるのは、国内では相当珍しくも他国の青銅楽器を保管する権利を得て、その稀有な楽器を人生の大半演奏指導してきたからだろうし、彼女を眺めているうち、特別なものを見つけた人は決して腐ってゆくことはないのだと思い始めた。

派手派手しいことのない花柄の、濃いピンクの厚手のシャツはゆったりと腕の辺りがふくらんで、作務衣のような渋色のパンツを穿いて、張

りのあるやわらかそうな踵をみせながら立っている。一方、受講者はというと、現役学生のその他には、年齢の夫婦連れが二組、年配の女性二人、とにかく年上の女性たちばかりいる。

私が成人してから始めた稽古は、有名楽器店系列のピアノと、料理教室とがある。ピアノの方は、発表会の演奏のあとすかさず先生から、

「ベートーヴェンは古典派ですから、速く弾いてはだめなのです」

と言い下されたことに観念して辞めてしまったし、料理の方は、調理後に集う合同食堂で、その日餃子のタネを皮にとっとと包んでいたふくよかな主婦が向かいに座って、

「胃袋をつかむと男は離れないのよ」

と教えられたのがどうも嬉しくなくて辞めてしまった。あれから三、四年は経った。こうして暖和な風土に宅を借りて越してきてから、日に日に質朴になっていく自分を知るように思う。

サロンといわれる大合奏のなかでも特に多くを占める楽器に触れていると、後方から経験者の女性がぬっと身を乗り出して、「まっすぐ降ろ

すと、きれいに響くんです」と言い、そのまま側で教えてもらう。

藁蓋を小さくしたようなものを先端に付けた桴を右手に持ってゆっくりと真下にむかっておとすと、ボーンと腹の底から聞こえてくるような音が鳴った。教授が、ある音階を弾いてみるよう言うと、ちょうど右ななめに正座していた美人女子大生が私と席をかわってくれたので、近くで見ることにする。もっとも下座には、ボナンという蓋付き鍋にそっくりなものが六台ずつ、二列に分かれて計十二台並んだ楽器があったが、これがなかなか大合奏の要であるらしく、ときに先導したり、ときに半音ずらしたりと、経験者であっても口を揃えて難しいと言う。

私の担当した楽器は、木琴と要領が似ていて、初心者にしては弾きやすかった。受講者にひととおり音階を覚えさせた教授は、ちょうど前方中央で、脚をパタパタと器用におり込んで、片ひざを立てて座った。樽ほどの寸法のクンダンという太鼓の膜をすりすりと撫でながら、二本指で、タンタンと極めて小さな音を鳴らした。これは客席に沈黙を請う合図なのだと教えた。一から十の数が配列した手作りの楽譜は、くばられたものの教授からは絶対に見ない方がよいと勧められた。

一時間あまり、ガムランの青銅楽器に触ることができたのは想像をぐんと超えて良い体験であった。

「アジアのはじまりはこのような音階であったはずなのに、戦後になって、日本の音楽教育はおかしな方向になった」

と教授は天壌無窮を称えた東洋音楽の起源を講義の最後に私たちに教えた。もっともである。これだから学校の音楽教師は真っ当な偏屈ばかりであると思わずにいられない。

五月一日

今日から新しい元号にかわるらしい。ある時思い立ったようにふと情報番組を見る習慣をたち、新元号のうわさは、流行りの携帯電話の共有記事に知人が挙げたりするので、うすうす知っていた程度であったところ、たまたまこの前の夜も遅く、叔母に諸用で電話をかけると、

「もうすぐ、十二時になったら令和やもんねえ」

と教えられた。叔母の齢は七十手前とはいえ眠たそうな様子もないので、驚いた。

そういった流れで、この朝方もう一人の叔母から連絡あり。「令和やからいい記念やね」と言うとおりである。何年かに一度、先祖が現世に煌びやかな光を射すように思うふしがある。その日がたまたま、元号の移りかわりと重なったように思う。私にとってもめでたい感じがする。

五月五日

前の晩、家族と夕食を外で取っているときに、仲たがいがあって、し

ぶりしぶり私は胃の腑に落ちたというのか、そのように努めたのだが、あいにくゆきとどまる。そのかわりに翌朝はひねもすベッドにうずくまって仮病のふりでもするつもりが、朝から家族は妙にとんちんかんなことを言い、心配さえしないものだから、再びいさかいが始まって、しばらくして腹が減ってきたので、階段をとぼとぼと下り、一階に降りて行った。めのうのスプレー行為の頻度に洗たくが追いつかずに思い切ってカーテンを外すことにしたので、廊下が明るくなった。すっきりとした廊下に窓枠の大きな長方形の影が間延びして写って、その枠の中に琥珀色の布を敷いたように陽が照り映えている。高く生えた庭木の枝葉が陽のひかりを受けて、かくかくとした影が床板のところどころに現れている。廊下をつきあたり、庭先に出た。青梅が二個ほど土の上に転がっていた。首をふり上げると真上の枝先にも青梅が四、五個密にくっついたり、はなれてひとつ実ったりしていた。廊下を戻り、おどり場に向かって、「梅、なってるよーう」と大きな声で呼びかける。不思議に思っているのか家族は気乗りのしないままに返事をしては、ただちに降りてきた。まだ歯も磨いていなかったので、仕度をしていると、窓外でうろつく家族がみえた。くるくると顔を回して青梅を探している。

「下！　下！」

と硝子戸越しに指をさして教えるとようやく落っこちた青梅に気がついた。めのうと恋ちゃんと艶子にも見せてあげる。あとで漬ける用にタッパーに保存をする。そのあと家族で回転寿司屋に行って、私は醤油ラーメンと、寿司は手巻き甘えびを一貫だけ食べた。

五月十一日

八時半に目が覚めた。夜すがら、家中をそこかしこ歩きまわる猫たちも私の起きぬけには、わりと大人しくしていて、寝室の床にはめのう、寝台の上には艶子が私と肩を並べて居る。一階が無人になる代わり、恋ちゃんが番をしていたということになる。恋ちゃんは勤勉家であり、考えに考える性質であるから、本来もっとも人恋しがる彼女が、仲間の身に危険が及んでしまってはいけない責任感から、自身の稚気を控えて見守りに徹するなど、みなに安心の朝を迎えさせてやりたいという優しさが溢れているように思う。

午前は家で常のようにゆっくりと身支度をする。私の朝は、気長だが動作がやたらと多い。快晴である。昼食を屋外でとる案を思いつく。卵サンドイッチが絶品の店で持ち帰って、運動公園に初に入った。駐車場では運転席の扉を開けたまま停まっている車の中に、ジャージを着たやや年配の男性が寝ていた。わりと礼節があるのか、アイドリングをしないことに感心する。何が何でも冷蔵を愛用するのは、あと一回りは齢を食っている、戦後特有の反骨精神に溢れた人間である。あのような涙を呑む思いまでしてこの世に恩返しなどしたくないのだろう。

土砂がそげ、木枠のむきだした、へんてこな階段を歩いて丘を登ると、展望台に着いた。二台のベンチがあったので、そこで食べた。家に帰って、谷川俊太郎著の「ひとりぐらし」の一部を読んだ。二〇〇〇年四月十四日の日記より。ダライラマ法王十四世に拝謁した谷川氏（私から谷川氏への敬意も含む）が、法王を天衣無縫と形容する言葉が必要ではないと述べられている。はっとしたのは、よく、言葉にしがたい、との言い回しを耳にする度にそれ自体言い損である印象を受けていたので、むしろ黙るほうがよほど説得の感がある。念願の新車を買った幸せは、やがて劣化した車を傍目に新たな車への切実な欲のために不幸せとなるようなことを、法王の平易な話を聞いての、谷川氏の感想にされている。

それから、谷川氏はある二方の対談を載せた雑誌記事を思い出され、その内容について、うち一人養老孟司氏いわく、『江戸の言語感は身体性を伴っていた』とのことである。私の思春期、悪しき電子メールが世に蔓延したために、ろくな人間関係を育めなかったのはひどく悲しいと今でも未練がある。おかげ私は他人の心情を、機械の代わりになって解析してしまう癖がついたのだ。

夕食　青のりを練りこんだ刺身こんにゃくにポン酢をつける、
ホタテと赤大根とれんこんを昆布と塩で煮たもの、
焼きのり、白米、チャーシュー。

下ごしらえのとき、赤大根を浸したあとの水がうすい紅色で、夕日の映えた下町の川のようでとても綺麗だったのですぐ捨てずにしばらく置いていた。ホタテは昨夜、網焼きした残りを煮ていくうちに身の塩気が抜けたのか、口にすると少し焦げの味が強くなったように思う。煮汁はすっきりとして良い味。すっきりしすぎるので胡麻油を数滴足らした。

五月十四日
家には私ひとり。車はなく、そもそも運転が出来ないので、外出の予定はなし。張り切って掃除に努める。とはいっても、年年と要領を覚えていっそ楽になってきている。
珍しく、人と話をしたい気になった。昼頃、裏庭に据え置かれたプロパンガスを月二回ほど交換する仕事の人の声がした。「ガース屋でーす」とわざと大きな声で呼びかけるのが社風らしい。高値を理由に契約をやめた以前のガス会社は、敷地に入るとき特に呼びかけはなかったのだ。現社は、住人の在不在に問わず、声掛けは必須なことで、当初は驚いたけれど、やたら広告で信頼うんぬん謳うよりも、こうしてひとつ体現されるとこちらも文句ひとつでてこない。
何てことはない誰かと何か話をしようと閃いたところだったので、玄関の土間からすり硝子戸越しに、いかにも重た気なボンベを肩に担いだ男性が、外のダンボール箱を、丁寧によけていたのを見て、帰りは気にせず歩けるように、表に出て箱をずらしていると、空のボンベを担いできた男性が私を認めるなり、「息がとまると思った」と、声を裏返して小さく叫んだ。

五月十七日
大方、夏のきざし。めのうの寝すがたを見ると、テレビの予報よりもうんと気温の頃合いがわかるのだが、この数日、ずいぶんと体を伸ばして昼寝をするようになった。窓外から入り込む風のよくあたる場所を見つけたらしい。家具に掛ける布の類を厚手の冬仕様のものから、薄手のものに換えると、めのうが気に入っている。
庭の草木がぐっと密度を増して、十糎ほど伸びた細かな草が日中もたえずかすかに揺れつづけている。恋ちゃんはつい昨日にいたっては二時間あまり庭に憩うのを、私は室内の窓から殆ど見ていた。柔らかそうな草に風が吹いて当たって、紗のように交差している向こうに、白黒のまるいものが、じっとしている。その日にかぎらず庭に出ると、その場所にばかり座っている。一時間ほど経った頃しびれを切らして、私も庭に出て行ってそばに寄ってみると、恋ちゃんは、見たことがないような、優しい顔で私を見上げた。私は腰を屈めて、彼女の頭をゆっくり撫でると、目を細めるだけで、ちっとも動こうとしない。

「何ともいえないわねー。いい気持ちよねー」

と、多分言っている。そのうち体が温まってきたら、窓外から大きな声を響かせて知らせてくる。だから、そのままの場所に居てもらうことにして私は先に家に戻る。

五月二十二日
六時に起きる。朝食を摂らず、洗顔の為に沸かしたヤカンの残り湯を、湯のみに注いで一杯飲む。八時には家を出発して、家族の運転する車で二時間かけて山中の宅へ向かった。途中インターに寄る。着くなり、敷地の端に、制服姿の女学生が五、六人群れているのが見えて、すぐ周りに目を配ると大型バスが二台駐車していたから、修学旅行らしかった。ハムとチーズをはさんで焼いたパニーニとコーヒーを持ち帰り、助手席でもぐもぐ食べた。
向かう先は、今年の二月末に改修が着工したばかりの家であって、今年の秋の暮れには、竣工の目処が大まかに立っており、時折家族は手伝いに通っている。設計図とか費用とか大事なところはすべて家族と棟梁さんに任せきりで、私はというと、離れの小屋で憩ったり、家の背後に堂堂と聳える林の中を登れるだけ登ってみたりする予定。
この家はちょうど登山口にあたるので、春先から休日は特にハイキングを享楽する人達が歩いておられる。二週間ほど以前に来たとき、ひとり山路を上がったすぐ左手に下り坂を見つけてときめいたので、ずんずんと降りてゆくと、小川が清らかに流れていた。急ぎ足で家族にも教えにいった。そのあと楽しそうに潜っていた家族がいうには、川には山女の稚魚が健やかに泳いでいるらしく、それで次住む家は、ひとまずヤマメの家と呼ぶことになった。

二十歳を過ぎてほどなくして一人暮らしを始めて、そのうち又家族と同居生活をするうち三度も引越した訳は、私の臆病のわりに強情といえる性格のせいの他ならない。止まないあちこちの建設工事も、園芸に放心する婦人も、見知らぬ赤ん坊の鳴き声も、友人知人も、口喧しい血族も、ふと心残りが消えたような気になった。私が本心から望むように、無二無三、生きてゆく居場所というのを、ここに選んだ。六年前まで食堂を営まれていたらしく、玄関を入って右に位置する厨房は、いまだ中身を残した洗剤や、掃除道具がそこらに点点と置かれたままで、油汚れのこびりついたフライパンまであった。床や四隅の塵を取り去れば明日も店を開けそうな程、六年前の平常の様子が据え置かれていた。店終いを考えていたところ、当時客であった年輩の男性が快く購入して、それから山女の養殖を息子に誘いかけたが叶わず、六年も持て余していた物件らしかった。「なになにバーガーってあるでしょ。息子さんあの店長してるんですって」と不動産屋のAさんが教えると、「こんな綺麗な処に仕事場が持てるのにもったいないですねー」と私の横にいた家族が誇らしく言い返していた。

不動産屋Aさんとは、そういえばまだ昨年末、私の家族が契約を決める前に、近くの別荘に暮らすご夫婦のところへ話を伺いに一緒に挨拶をしにいった。まだ購入の考察中というのに、根ほりはほりここら一帯での暮らしの種種を聞いた。川水の鮮度の良さや、冬期の運転の心得を何呉なく教えて下すった。ご夫婦は、惜しげもなく、一本木でこしらえた木製椅子に私らを座らせた。わき目に入った書棚には南仏の本が並んでいた。奥様の趣味と察する。奥様はロココ調のカップに珈琲を作って下さり、

「豆を切らしていて、インスタントになるのですけれども」

と、息をはずませて机に置いて下さる。しまいには、まんじゅうも人数より多めに差し出されて、折よく腹を空かしていた私は一個ぺろりと平らげると、家族も同じく。我々が暇を告げるとちょうど皿に二個手付かずのまんじゅうを見た奥様が「帰り道は長いし、お腹が空くから」と言うので二個を持ち帰ったことを思い出しながら、家族は道中、果たしてひとつ食べ切った。まんじゅうは我々にとって大変有り難かったし、「こんな親切なこと、あるのねー」と、帰りの車内では家に着くまでそればかりを喋りつづけた。

この日も、二週間前もこの御夫婦は在宅されていなかったので私はしばらく会えていなかったが、その間に家族は私抜きでヤマメの家に解体の手伝いをした日、別荘の旦那さんが改修工事用に張られたロープのすれすれのところに立っているのを見つけ、近寄って談話したらしかった。

昨年の初冬、不動産屋Aさんに連れられてきた頃のヤマメの家の中の様子は、当時の客に愛されていた証というのが備品や飾り棚にそのまま表れていたので、案件を抱え帰った家族とは、もし購入したあともどうか内装をなるべく取り壊さないように努めようと話し合った。

先ずは、外装は補修をするまでにとどめ、およそ半分を占める客間は、傷みきった畳を木板にとり替える。手入れをしないと住居に適さないと思われる間取りは改築してゆくことに決めた。台所の設備については、一応ショウルームに足を運んではみたものの、どれをとっても私の気に入る造りはなかった。今でも滑稽に思うのは、従業員が、壁の丈夫さを謳おうと、いかにも危な気なハリガネブラシを壁に擦りつけ始めたのだけれど、炊事に疲れた主婦が気晴らしに家計簿を細工してスーパーで高い寿司を買ってひとりで食うことはあっても、ハリガネブラシで壁に乱暴するなど聞いたことがない。第一そのような凶器まがいの道具を買う用途さえ、思いつかないのだから、とかく娑婆の話ではない。いっその事、台と包丁とガスコンロさえあれば調理は出来るだろうと悠長な心構えをしながら、別日にぶらぶらと大型家具屋を歩いているとき、ずいぶんと横に長い伊太利亜式のキッチン一式を見つけた。店内で私と同じように遊歩している家族を探し出して、店員を交えて相談することになった。価格をみると二百万を超えていたので、私にとっては夢語りであったが、一度席を外して戻ってきた店員は、店の創業当初に展示したきり売れず仕舞いで人の目にとまったことも殆ど無い商品であって使い心地は保証し兼ねるという訳から、八分の一の値での売買を提案して下さったので、家族は快諾をした次第。

「小さな村の物語イタリア」という、村の家族の生い立ちを取材する番組が私の好物で、番組内ではいつもマンマが、赤や緑の色鮮やかなタイルの貼られた台所で大盛りの湯気立ったトマトスパゲティを作って家族の皿に分ける前にボウルの中で丹念にほぐしているのを、テレビ越しに観ながら、「あー、こんな台所なら、毎日うちで食べたいねー」と口に出していたのが身に染みて胸にこみ上げてくる。

近頃日本人は孤食の傾向にあるらしいが、それに比べて、伊太利の食卓は確かな温かみがある。ヤマメの家に暮らせば、真冬には外食はめったとないことを考えると、台所は私にとって大事な場所になるだろうから、ようやく理想に辿りついたように思う。

私が判然と希望を呈したのは台所の造りについてであって、あとは家族と棟梁のＫさんとが密に話し合っているのを、興味津津に横からみている位である。ある夜、Ｋさんから珍しく家族に電話があったのを会話のはじめの方だけ耳をすませて聞いたところ、

「事前に約束していた解体の手伝いにちっとも来ない」

とお叱りを受けていた。家族は一時間半に渡って電話越しに終始頷いていた。人間関係の希薄な都会の者には、こんな風に施主の立場で窘められるのは、とても新鮮なことである。正直、私は何だかよく判らなかったけれども道徳から逸れたのは我我家族である。自分も、成人してから始めた稽古など、ピアノも「これは小学生時分に既におおよそ習得済み」、料理も、ごく一瞬間面倒になると、情熱はあっさりと立ち消えて、辞めていった過去があるし、ましてや消費額の大きい程、尊大な気になるのは都会人の性に思う。Ｋさんは「僕たちはひとつのチームなんですよ」と説いていた。後日、此れ見よがしなほどまだ薄暗い早朝に家族はヤマメの家へ出発して、手伝いをして、またその後日も同じく手伝いを

すると、Kさんは、「例えば僕が引越しの話なんかすると、うちの猫はすぐどこかへいってしまうんだね」と、割に気を許して話してもらえたらしかった。

十時にヤマメの家に到着。Kさん既に作業中。照明器具を持参していたのを手に抱えて、改装したての綺麗でさらさらした山小屋にとりつけに数米下る。この照明はこの朝押し入れの中からほとんど偶然に見つけたが、おぼろげな記憶をたよって二、三日かけて色んな押し入れを開けてついに探しあてたのだった。諦めかけたところ、他の用事で開けた押し入れの奥に巨大くらげの頭のような照明器具が寝かされていたので家族でとても喜びあった。

この日のいちばんの目的は地鎮祭を行うことにあった。よく観ている『新日本風土記』という番組でも、山の神と話をする神主の回があった。ヤマメの家に来てもらう神主さんを探そうと、以前に家族がもっとも近くの神社を尋ねたところ、誰の返事もなく困っていたところ、そうこうして、諸々お世話になっていた学校理事長から、知り合いの神主さんを紹介して下さった。

ヤマメの家の前に、斎竹を四本支えにして、注連縄を正方形に結んだ結界を、棟梁Kさんがこしらえてくれていた。斎砂が入った土嚢が数袋、そばに置かれている。これを見るだけで、身の引き締まるように思う。

快晴。やや微風吹く。山小屋に照明器具をとりつけるのに時間要す。細かく分解してから試すと一回で成功した。十一時前に神主さん到着する。白い車は、がりがりと車輪が小石を鳴らして、敷地の端の、私たちの車の隣に駐車した。続いて学校理事長のFさんも軽トラックに乗って来て下さる。私は初対面であるが、地方のテレビや、事前に家族が撮った写真では拝見していたので、やっと会えたのが訳もなく嬉しい。

神主さんは紫色の袴をお召しである。白い車のトランクを開け放って、横たえた八足台を持ち運びはじめたので、理事長も棟梁さんも手伝って下さる。台の上に紙垂を並べたのを、棟梁さんらが縄に挟むのを見ながら、家族もそれに倣う。折り目を外側に、という教えの通りに挟むが、毎回、どちらが折り目かいくら確かめても、確かめた気にならず動揺している。

神主さん、地鎮祭は元来、土を新しく掘るときに行うので、今日にいたっては起工式を主として、なお地が揺るがぬよう大地主神様への祀りを合わせる、と仰せられる。いつのまにか土嚢から出した斎砂が地面に山型に盛られて、茅の束が中央に挿されている。こちらで準備できるものは全て棟梁さんが用意してこしらえて下さった。こうして自分が住む家の施工に加えて、今日の準備もしてもらって、有り難みが胸に湛えるとは家族と尽きずよく話すこと。

神主さんから玉串の奉奠の手順を教わる。鎌、鋤、鍬の役割を棟梁さんと施主（家族のこと）に八足台が組み立てられると、衝重を並べて、白い紙の、祝い事と忌み事との折り紙のちがいを教えてもらう。

「いつも四角のまま敷いていました」

と学校理事長が言ってから説明を熱心に覚えている。神主さん、紙にも種があるとして、理事長を強く否定しない。ざっくばらんに、頼もしく手伝って下さる理事長に、鯛に紐を括ってもらうと、尾が天に向けて反り返って、とても生きがいい風にみえた。

神主さん、箱から唐津の乾物、地元の野菜を次次に出して並べる。豊ノ寿の日本酒を瓶に注ぐ。御幣が中央に飾られる。柔らかな榊を見せて「ちょうど生えかわりの時季です」と言った。

白い車の後部座席で、神主さんは狩衣と烏帽子を身につけて、笏を手にして再び戻ってこられた。引きつづき快晴。風はわりに穏やか。私たちは結界の外に立ち、式はいよいよ始まり、神主さんの警蹕が轟いた。結界から出られた神主さんが、私たちの下げた頭に御祓いをし、再び祝詞をあげたら、地を這うようにして荒い風が横から体に吹きつけた。

神酒を分けて頂いて、式を終えた。家族、青竹から縄を解こうとして棟梁さんにとめられていた。ほぐした台などを白い車のトランクに仕舞い終えると、理事長さんと神主さんは何やら話されている様子。近くにゆくと、神主さんには音楽の長けた趣味があることを知る。

神主さん、続いて理事長と、帰られて、家族は棟梁さんの手伝いにゆき、私は山小屋に歩いてゆく。式の前、山小屋のよこの養殖プールに、前にはいなかったはずの亀がいると家族に教えられた。みると、たしかに亀は首を伸ばして甲羅の上半分を水面から出していた。中に、黒っぽい鯉が泳ぐのは前にも見ていた。登山客によると、誰か住民が山へ上がってきて餌を与えるらしい。なるほど立派。

私、また林を入ってゆこうかと考える。ひとまず谷を下りて、川に手を浸したりする。澄んでいてうっとりしたので、家族に伝えようと谷を上がって、工事中の玄関先をのぞくと奥にいたので、家の外から廻って急ぎ足で歩いてゆく途中、マンホールの段差からうまく降りそこねて右足首を激しく捻挫する。山登りは諦めて、山小屋で安静にする。車に湿布があるのを思い出した家族が急いで取ってくれるが、一度封を開けてから日が経ちすぎたので冷感は全くなし。山の音が心地よくてそのうち仮眠もとれた。帰路、薬局で高い値段の湿布を買ってもらう。

道の駅で、パック寿司をたくさん買いこんでから、しばらく進んだところの駐車場に停まって車内で食べた。中トロは六貫入っていて少し値が引かれて、六百円。その他、納豆まき。えび巻き。一緒に買った地元の緑茶がよく合う。その晩についてとりあえず、湯ぶねには浸からないなど、足首の早く腫れがひくように、家族でよく話し合って帰る。

マグネット 大
カードホルダー
木の枝材

ここからは、二〇一八年の十月よりヤマメの家を見つけた頃の日記です。

二〇一八年

十月十三日
不動産屋と物件をみる。山の入り口にある家。家族がインターネットで調べて見つけたのがきっかけ。五時頃に到着すると薄暗く、寒かった。対角に住まれる御夫婦宅に上がらせて頂けた。コーヒー、菓子もてなされる。
もうすっかり日は暮れて、帰ろうと前をゆく不動産屋の車の後について、家族が車を走らせていると、見た目には人家のままの、一軒の喫茶店をみつけて、私以外車から降りて覗きにゆく。店の方が玄関先で数匹の猫にごはんをあげていたらしかった。

十月二十一日
この日も調べていたある中古宅へ熊本県までゆく。家に辿りつくまでの道は雑草に覆われていて、ほとんど舗装されていない。はなれに元は馬を飼っていたらしく、その大きな二階建ての舎は、地震でくずれた階段が使えない様子。
帰り、農家をのぞいてみる。レンゲ米、玉葱、人参、原木椎茸、じゃが芋、さと芋、なんきん、他いろいろ、無農薬有機栽培をされている。まだおさない山羊がいるらしく、見せてもらう。主人様が名を呼ぶと、母ヤギと子ヤギ二匹、奥の小屋から、たったたったたと音を鳴らして元気よく出てきた。安全柵に守られている。御主人「熊本は、いま若い人たちがとても頑張ってくれている」と言う。すぐ近くの牛舎を教えてもらい、行ってみる。嫁いでこられた女性が子牛の世話をされていた。牛たち、本当に素晴らしい命であると我々の胸を突く。

十一月四日
家族、私をのぞいて、のちにヤマメの家となる物件に向かう。昼一時、地域の資料館に到着。ある年、ふるさとイベント大賞のうち奨励賞を受賞された館長は、市役所公務員を兼任している。このイベントが気になって後日しらべると、一九九六年に創立している。不動産屋に紹介された古民家改修会社を営む夫婦も合流。
家族、木工に関心があると館長に言うと、ここからそう遠くない所に、森の中の学校を作った人がいることを教えてもらう。そのうち地元住民のNさんがひょっこり顔を出してきた。
館長と話が一段落つくと移動して、不動産屋さん、改修会社の夫婦とヤマメの家の中をみにゆく。以前にはなかったはずの天井に大きな穴があいて、板が捲れているのを見つけた。イタチが関係しているかもしれないと、噂する。そうこうすると、この家のことが気になったらしく、Nさんが軽トラックをゆらゆら走らせて、やって来る。

十一月某日
ヤマメの家の前で、家族はT会社と打ち合わせをする。有望していた建設会社Tに声を掛けていたところ、家族は待っていられず再び電話をした。すると、「お断りしようと思っていましたが、お電話下さったので頑張りたい」とのお返事。概算の見積りを作ってくれることになった。医学にもとづいた家づくりの社風で、社長のお人柄もとても素敵な方。この日以降何度も電話で話をしていた。

十一月二十五日
ヤマメの家、契約に印を押す。鍵を二個もらって、うち一個ヤマメの家に常備する。（幾度の相談の末、改修工事は個人経営をされる棟梁Kさんにお任せをする）

十二月二十六日
以前、表で猫にごはんをあげていた喫茶店で、T社長と私、初めて会う。T会社がつくった家に住んでいる家族に、毎年サンタクロースに変装して、プレゼントを渡しにゆくらしく、つい昨日も夜遅くまで数軒まわったらしい。
話の冒頭、ちょうど注文していた食事が運ばれる。

家族、薬膳カレーのセット、
私、だご汁のセット、
Tさん、コーヒー（酵素ジュースと、豆乳プリン付き）

こたつに入りながら、閉店の七時まで、ゆっくりと話をする。数分過ぎたかもしれない。店の本棚に並んだ書籍が、自宅の本棚の中と似すぎているのに驚く。本の背には動物のきもちとか、輪廻転生とか書かれている。店を去る際に店主の女性に挨拶をする。この店の女主人が私たちを慈しんで下さることが、何とも幸福に思う。ご婦人は清澄な心を持った、芯のつよい人なのである。

読んで下さいまして、心からお礼を申し上げます。

素晴らしい絵、作品の掲載をさせてくれた皆様に、深く感謝をします。

頂戴したお代を、動物保護活動をされている方々に寄付する意向であります。今日もいい一日です。

白黒つけない日日

ISBN 978-4-909825-09-4
定価 1200 円 + 税

発　行　2019 年 12 月 1 日
著　者　北谷　ゆり
発行人　細矢　定雄
発行者　有限会社ツーワンライフ
〒 028-3621
岩手県紫波郡矢巾町広宮沢 10-513-19
TEL019-681-8121　FAX019-681-8120
印刷・製本　有限会社ツーワンライフ